o homem da
mão seca

Adélia Prado

o homem da mão seca

2ª edição

EDITORA RECORD
RIO DE JANEIRO • SÃO PAULO
2025

CIP-BRASIL. CATALOGAÇÃO NA PUBLICAÇÃO
SINDICATO NACIONAL DOS EDITORES DE LIVROS, RJ

P915h
2. ed.

Prado, Adélia, 1935-
  O homem da mão seca / Adélia Prado. - 2. ed. Rio de Janeiro : Record, 2025.

ISBN 978-85-01-92275-5

1.Romance brasileiro. I. Título.

24-94361

CDD: 869.3
CDU: 82-31(81)

Gabriela Faray Ferreira Lopes - Bibliotecária - CRB-7/6643

Copyright © 1994 by Adélia Prado

Revisão: Jorge Emil

Texto revisado segundo o Acordo Ortográfico da Língua Portuguesa de 1990.

Todos os direitos reservados. Proibida a reprodução, armazenamento ou transmissão de partes deste livro, através de quaisquer meios, sem prévia autorização por escrito.

Direitos exclusivos desta edição reservados pela
EDITORA RECORD LTDA.
Rua Argentina, 171 – Rio de Janeiro, RJ – 20921-380 – Tel.: (21) 2585-2000.

Impresso no Brasil

ISBN 978-85-01-92275-5

Seja um leitor preferencial Record.
Cadastre-se no site www.record.com.br
e receba informações sobre nossos
lançamentos e nossas promoções.

Atendimento e venda direta ao leitor:
sac@record.com.br

*Guarda-te de declinar para a iniquidade
e de preferir a injustiça ao sofrimento.*

Do Livro de Jó

Empreitei subir alta montanha, a de sete patamares, e aqui estaco, aos primeiros passos, eu que me julgava curada. O universo inteiro, Deus incluído, é este ponto doloroso no meu dente. Começo a explicar-me, já me enfado, atemorizada de me perder na compreensão e de não ser sincera. À soleira do inferno, adianta a mim e aos outros confessá-lo? Tudo piorou bastante porque Thomaz falou irritado: 'Você põe Deus demais em tudo. Se for o caso, toma anestesia geral.' Mas o que é isto? Eu não estou brincando. Nem Thomaz nem Gema, que pelo mesmo motivo provocou: tira Deus da jogada, Antônia.

Estou perturbada quanto a continuar refletindo, é capaz de eu achar um caminho e achá-lo antes da hora é de novo perder-me. A aflição de ontem já passou quase toda. De modo rigoroso não saberia responder se sofri de verdade ou de mentira, se tem conserto ou não tem. Sonho ultimamente com recém-nascidos, sou tomada de amor por eles, imensa ternura. Ontem, depois de chorar bastante, cansada como de um velório, dormi por uns minutos. Vi nitidamente a forma adorável na posição de um feto. Lembro bem o dorso, a curva das nádegas e a nucanuquinha, a cabecinha perfeita. Via-o pelas costas e outra vez digo: adorável. Vinha de Arvoredos com o Thomaz e o nome do lugar me despertou desejos, vibrou coisas em mim sem parentesco com o inferno, tal qual a visão da criancinha. Mas do que me vale dizer isto agora, eu que não sei desperdiçar nada e quero tudo com utilidade e sentido?

Deus me cansa, pois me pede incessantemente o que não sou capaz de oferecer-Lhe: sem anestesia, deixa o dentista tratar seu molar sensível. Não posso, respondo, não dou conta, é impossível para mim. Vou destruir sua cidade, aleijar Thomaz, matar seu filho, deixar no purgatório a alma de seu pai. Pelo menos, mulher, pede o Espírito Santo. Eu não posso. Nem o Espírito Santo sou capaz de pedir, pois tenho horror de que venha e me dê coragem pra tratar meu dente com dor. Eu não quero, ter coragem me dá pavor. Eu só quero chorar. Rebeca e Thomaz me olham com piedade, são humanos. Eu não, eu sou divina, tenho a impotência absoluta. Uma vez, um homem que a máquina acabava de pegar falou com meu pai: acaba de me matar, acaba de me matar. Era um homem humano, como Gema, de quem ouvi: Deus, dá um jeito de me ajudar; porque estou no meu limite. Assombrosa coragem! Eu não deixo tocar na minha cárie. Toda a sabedoria do mundo não me vale. Um círculo de ferro me separa de qualquer amor. Só existe o dente, o dente, o dente.

O recém-nascido me confortaria. Eu quero a criança, cuidaria dela com amor. Mas, se não tenho coragem, Deus vai me dar o menino? Quem ousa magoá-lo? Eu? Posso arrancar a frio os dentes da cachorrinha. Em nossa casa aprendi primeiro que todos a matar galinhas e fui eu quem agarrou Madalena e lhe tirou o berne à força, quando ninguém se atrevia. Acho fácil Abraão matar Isaac, mas não toquem meu dente. Deixo meu pai arder.

Se André perder o emprego a culpada sou eu. Thomaz dificultou tudo porque me aconselhou: ofereça a Deus suas dificuldades pelo sucesso do André. Certamente raciocinou: ela mistura Deus em tudo, vou usar seu próprio discurso. Piorou tudo, pois não me ocorrera aquele sacrifício impossível e porque Deus me abandonou, porque eu perdi a razão, sou o eixo do mundo e é pesado demais. Thomaz não pede anestesia. Rebeca pede, mas, se for o caso, suporta. Eu peço e se não sinto dor pareço errada. Mas por que devo senti-la, se disto sou incapaz? Comecei a chorar de novo, sem nada pra oferecer a Deus pelo André, a não ser a única coisa verdadeira que possuía: minhas dificuldades todas, principalmente a maior delas, a de não querer ter coragem. Ofereci a Deus este lixo. De imediato senti fome, tomei leite quente com açúcar e escovei bem os dentes, com muito cuidado. Sonhei que num pequeno fosso, como estes buracos de enxurrada, uma cobra me mordeu pouco acima do calcanhar e também num dedo da mão. Thomaz me socorria, me levando pra algum lugar.

Hoje está melhor que ontem, mas falta uma peça. Rebeca quis saber: o que a senhora tem? Disse a comezinha verdade: é o dente. Ela riu: a senhora tem trauma de infância com dentista. É tão simples então? Deus realmente está fora disto, pensei.

Thomaz chegou falando que passou no Clemente: contei que você não estava muito legal, mandou te tranquilizar. Disse que pode esperar bastante, que podemos ir pra nossa viagem e na volta, se você ainda estiver cismada, ele combina com o Cristóvão uma anestesia geral. Tem recurso pra tudo. Thomaz não quis almoçar. Raríssimas vezes acontece. Desconfio do porquê. De toda a boa notícia do Thomaz a minha compreensão doente ficou só com o detalhe: se tiver cisma, toma anestesia geral. Estava em aberto, ainda, uma remotíssima possibilidade de dor? Este é o terceiro dia da loucura em que estou mergulhada. Por obra de Deus?

André saiu agora mesmo pra fazer o exame. Não fui trabalhar e não quero mais voltar pro meu emprego. Quero ir pra Arvoredos e ficar lá até descobrir meu destino. Meu coração é um granito, quando é o dente que eu queria de pedra, insensível, incorruptível. Por que logo hoje dona Martina resolveu entelhar a coberta? Olhei pelo muro, atraída pelo barulho, e vi seo Cláudio manejando a máquina de furar, a broca afundando nos caibros. Que posso fazer senão arrancar os cabelos e gritar? Mas não há lugar para gritos. Meu pai não deixava: engole o choro. Aqui não posso, assusto os meninos, ponho Thomaz em dificuldades, os vizinhos escutam. No deserto tem cobras. O inferno é o lugar dos gritos. Coitado do meu pai que só gritou com minha mãe e com o chefe dele na oficina. Coitado do Mariano que não gritou porque mora de parede-meia, coitada de mim que se baterem na porta agora vou me compor primeiro antes de abri-la. Estou emparedada. Quero abandonar Thomaz, a família, tudo, quero caçar Deus a pau. Não quero nada. Quero só que não exista o que me pede tratar meu dente a frio. Ainda que disto dependa a vida dos que gerei, não sou capaz. Thomaz sumiu, deve estar rezando por mim, suplicando a minha cura, tenho certeza. O Deus vivo tem um motor na mão e quer que eu abra a boca pra Ele tocar meu dente sem anestesia. Estou cansada, quase me desinteressando deste assunto, que só diz respeito a mim e a Ele. Ele, de quem não me esqueço um só dia em minha vida, Ele que me ama com paixão. Queria... não tenho o que dizer pra completar um sentido e merecer a graça de ir vivendo como todo mundo. André está dizendo: tou indo. O que faço? Deus vivo, tende piedade de mim, tende piedade de mim. "Médico das almas e dos corpos, visitai-me e curai-me, castigai-me sem furor." Ó Deus que procuro do fundo desta treva que ameaça me destruir, nada de mau aconteça ao meu filhinho, eu amo ele e me ofereço a Vós por ele, sem entender bem o que faço. O menino recém-nascido, encolhidinho como um feto, volta à minha lembrança. Tenho medo de dor, não sei se quero ser curada, não sei se darei a vida, mas tem amor no meu coração, compaixão, dó da cachorrinha, do homem que manca e caminha disfarçando o defeito, do menino que disse depois do exame: fiz tanto esforço, vai ser chato se morrer na praia. Ó Deus que invoco desde que aprendi a falar, é isto que Vos dou pra salvação minha e dos meus: tende piedade de mim, aceito que estou melhor, que alguma coisa está me socorrendo.

Pequena ruindade, como um grão de areia, teima em subsistir, uma coisa enciumada. Conheço isto de outras vezes e querer entender é perigoso. Agora é pedir socorro e eu peço.

*Porventura orneja o asno montês, quando
tem erva? Muge o touro junto de sua forragem?*

Do Livro de Jó

O que me levou a visitar a Correias foi a curiosidade de conhecer, naquele lugar atrasado, alguém que se empenhara, na meditação e no recolhimento, em encontrar Deus, coisa que também quero. Pois bem, no Fubá Torrado só tinha uma rua — mais do que imaginara —, lugar de terra vermelha, que me aflige um pouco. A Correias me recebeu atenciosa, predisposta, como disse, ao que Deus mandasse. E eu era, naquele momento, um mandado de Deus, ela explicou, para meu regozijo. Cuidado, disse abrindo o portão, aqui precisa capina. Ainda ontem mandaram pra cidade um rapaz ofendido de cascavel. Terra vermelha, capim alto e perigo de cascavéis, mas a casa era muito limpa e a Correias foi logo explicando o que eu queria saber. Com jovens não se aventurava mais aos retiros. 'São barulhentos, comem muito e os anjos devem permanecer neste ambiente, que faço questão seja de muita pureza. Não sou contra piadas, já contei muitas e gosto. Mas, aqui, não. Os anjos precisam de muita pureza para permanecerem. Não quero que saiam daqui.' Perguntei-lhe sobre o ermitão Soledade. 'Conheci apenas três iluminados em minha vida. O Soledade é um deles. Imagine que em apenas três minutos de conversa ele me disse: Correias, até hoje você não perdoou sua mãe.' Até eu nos mesmos três minutos deduziria a mesma coisa, mas a Vicentina estava empolgada. Tudo isto mais o medo das cascavéis me afastaram de ficar uns dias meditando no Fubá Torrado. Tem ainda que me sinto muito mal chamando mulheres pelo sobrenome e, pior, achei a Vicentina Correias mais desorientada que eu. A disposição interna da sua casa lembrava ressentidas saudades do convento e — percebo agora — sob sua doçura uma ferocidade e contenção espantosas. O resto do dia pensei na Correias, acordei de noite pensando nela, com sentimento de comiseração. Eu sei o que é ficar naquele estado, afirmando sem parar: estou em paz, olha a paz em que estou, este é um lugar de paz, paz, paz. O cacoete de passar a mão no cabelo me pareceu meio artificial. À saída, quando abriu o portão, de novo me condoí, pois falava esquecida da impostação: peguei um jeito na coluna, mal consigo pisar. Disse que aguardava os acontecimentos, e o que Deus mandasse a encontraria disponível. Lembrei Thomaz me recriminando: você põe Deus em tudo. E Gema: tira Deus da jogada. Iguais, a Correias e eu. Sua fé não era ainda nem a dos místicos nem a dos seguidores, mas a de quem procura cheia de arrancos e de sombras e, ai, sem perdão. Por isso entendi a Correias e não fiquei lá pra rezar. Tive pena dela que não tem Thomaz. Aquela insistência com anjos no ambiente me desanimou também, sei que existem, voejam e protegem, mas do modo como disse me pareceu apenas alucinação e não graça metafísica. Cada vez presto mais atenção no modo das pessoas conversarem. Eu, tenho plena certeza, converso muito parecido com a Vicentina Correias. Os místicos são pessoas normais, corriqueiras até, costumam ser uns pândegos. Para descobrir isto me valeu ter ido no Fubá Torrado, onde eles não estavam. Quando a gente não sabe resolver um problema não é preciso lutar, nem insistir, cansar-se bobamente. Basta entregá-lo à alma, ela cuida de tudo. Fiquei devendo à Correias esta pérola. Foi o Soledade quem me ensinou, ela disse. Engraçado, foi exatamente o que fiz, não por virtude, mas por fraqueza, quando parei de falar e pensar no dente. Ainda assim deu certo. Não fui no Clemente e tenho levado vida normal com o meu molar de parede derruída, faz uns catorze meses já. Até esqueço ele. Vicentina disse que, quando respondeu ao Soledade já haver perdoado a mãe, ele insistiu: não perdoou, não. Mas se eu mesma não sei disto, como vou perdoar de novo, se acho que já perdoei, ela falou. Entregue pra sua alma, ela resolve pra você. Como ele disse aconteceu. Da última vez que visitei minha mãe, conversei com ela naturalmente, sem nenhum esforço, pela primeira vez em muitos anos. Minha alma perdoou, resolveu o assunto. Começo a achar ser este o processo ideal e maravilhoso que procuro pra comer menos. Vou também entregar o assunto à minha alma e continuar comendo à beça. Um dia descobrirei estar comendo apenas o necessário. Tenho fé absoluta neste processo que o Soledade ensinou à Correias. Ele, sim, é um místico. Contudo, a Correias tem mais coisas a perdoar, seu sofrimento é visível, a canga no seu pescoço. Regimes pra emagrecer e regras conventuais? Pois quero é comer um prato fundo de doces e em horas não canônicas rezar. Qualquer dia destes visito o Soledade.

Não sou uma pessoa grata. Dispenso-me assim, com má consciência, é verdade, do esforço de não reprovar grandemente pessoas das que mais me ajudaram até hoje. Não fossem elas, outras cumpririam o desígnio divino a meu respeito. O que é ser grato não sei, só sei que ninguém é bom. Gema apanhou enorme devoção por Fausta, porque esta ficou ao seu lado quando lhe aconteceu a tragédia. A mesma Fausta que me tirou do fosso e me salvou de grande desespero. Ainda assim meu sentimento não se parece em nada com o sentimento que Gema tem por ela, pelo contrário, guarda sementes de hostilidade. Talvez não ame Fausta. Quero sempre dizer a ela: você é exatamente como Luiza, de quem me salvou e sobre quem me abriu os olhos. Ontem cortejei belo pecado. Gema, muito aflita, pensava mal de Fausta, queixando-se comigo, escolhendo as palavras. Regozijei-me supondo acertadas minhas suspeitas e edificantemente, como um demônio reza, aconselhei-a: Gema, fará bem à Fausta dizer-lhe o que me contou. Ela merece ouvir isto. Em casa quis contar a Thomaz detalhes da história mas calei-me porque "às vezes, calar algo é mais valioso que o mais rigoroso jejum". Fiz o sacrifício. Thomaz admira Fausta, é muito grato a ela pelo bem que me fez. Quanto a mim mal suporto que nos doutrine sobre participação, quando ela própria se coloca — até Brígida vê isso — a salvo dos piches e amolações com que toda a cidade brinda nosso trabalho no Centro de Assistência. Sua granítica inconsciência do quanto subestima as pessoas, exatamente quando as socorre, azeda e rança minha boa vontade com sua fulgurante inteligência, sua espantosa capacidade de sacrifício. Percebo coisas demais e, como diz Gema, é muito pesado ter razão. O Natal vem aí e eis que vos anuncio este horror: acho que sou melhor que Fausta.

Não quero de maneira nenhuma tratar romanticamente minha dificuldade, o que acontecerá se falar dela com o Carlos. Tem o poder de minimizar minhas faltas e poderá convencer-me de que Fausta deve tudo a mim. Não é verdade. Não estou à cata de justificação mas de uma regra. Tenho de poupar Gema. Sua adoração por Fausta a impedirá de apreciar corretamente as coisas e ainda está muito frágil com tudo que lhe aconteceu. Vou poupar Gema, Thomaz e Carlos. Vou fazer um ato bom sem ser boa. E esta é a culpa. Continuo me dizendo: Fausta, você não me engana de jeito nenhum. Mas tenho ainda de proteger a própria Fausta, porque, se Luiza sabe, ficará feliz como um demônio e aí já vou ter pena da Fausta. E de mim, quem vai ter pena? Minha vantagem sobre todas é: sei que sou má.

Foi como um ataque de soluços. Quando vi já ia embalada, contando tudo ao Thomaz. Passei um bom tempo pelejando pra consertar a cara no espelho, infeliz e feia, achando que no fundo Thomaz me repelia. Mas, não. Tínhamos tomado café, só os dois, e ele começou assim: até que enfim me lembro do sonho. Contou o sonho mas queria mesmo era contar um segredo. Cê entende? falou procurando um modo: eu não tenho desejo só assim por sua causa, não. Às vezes tenho desejo por qualquer mulher e, de vez em quando, cê também cai nesta categoria, porque sinto desejo em geral e em especial, por exemplo, o desejo por você, pela sua pessoa. Era uma frase incontornável naquela hora, parecia de livro, de filme, mas ele falou, mesmo com dificuldade: desejo por você. Temos vergonha entre nós de nos tratarmos com os pronomes tão certinhos. Foi uma prova de amor que não esqueci. Será que entende mesmo? continuou, porque já desejei outras mulheres, sua irmã, por exemplo. Não me assustei, porque notava sempre. Descreveu como a Cássia estava engraçadinha e falou muito na boquinha dela, 'uma teteia', e que se pudesse teria juntado a Cassinha no piquenique do Boqueirão, com a certeza absoluta de não estar fazendo nada de errado. 'E sabe por quê? Porque estaria dando eu pra ela. Senti mesmo muita vontade de fazer a Cassinha feliz.' Perguntei se já tinha acontecido o mesmo com relação à Gema e Madalena, ele disse que sim, engolindo seco. Perguntei mais, se com a Cássia foi desejo em geral ou em especial. Foi em geral não, ele disse, foi em especial. Me deu vontade foi da pessoa dela mesma. Os olhos do Thomaz diminuíram, quase transbordantes, como no dia em que me olhou depois da viagem de um mês que fez sozinho sem eu.

Foi só contar ao Thomaz minha gastura com a Fausta e meu humor entrou nos eixos. Minha cara de repente ganhou viço, me senti ótima, boa, inclusive com a Fausta. O desejo imoderado pelas coisas do espírito é tão concupiscente quanto a minha gula. Parece de um teólogo antigo? De Santo Agostinho? Pois é meu mesmo, arrancado a duras penas da banda turva da alma.

O Natal foi quase perfeito, só o que atrapalhou foi o Nezinho da Moura resolver morrer justo na véspera. Aproveitou o lusco-fusco e botou a cabeça nos trilhos. Saiu quase sangue nenhum. A nódoa na linha era como se tivessem matado um frango ali. Da informação do Manoel ficou o detalhe insuportável, pouco sangue, como de um frango. Manoel ajudou a carregar o Nezinho pra casa, me contou da morte já voltando do enterro. Nem sentou, disse que tinha pressa, ainda ia levar farinha pra Maria dele fazer umas broas.

Quando a água turva borbulha, vem junto uma crueldade que me fecha os poros. A Cassinha sem saber forçou o porão dos horrores. Com a mesma qualidade execrável da informação do Manoel sobre o pouco sangue no pescoço do Nezinho ela empestou o meu dia: penso que bosta de cobra deve sair mesmo rápido, uma pelotinha lustrosa e dura que nem suja. Horror, porque é exatamente assim que eu penso quando sou obrigada a admitir que este ser demoníaco copula e defeca. Horror porque Cássia pôs a língua entre os lábios e imitou o que ela — e eu em segredo — imaginamos ser a cagadinha da cobra. Horror porque eu jamais externaria este pensamento e muito menos o representaria. E por quê, meu Deus? A pelotinha lustrosa, o pescoço do Nezinho como o de um frango, a palavra pelotinha. Pelotinha é pelota pequena, eu sei, o que não adianta nada, como perebinha, feridinha. Cheiram a imoralidade estes 'is' em diminutivo, desconheço a razão. De pelotas não quero saber em nenhum grau. Thomaz me dá beijinhos e eu gosto, mas nunca se refere a eles como beijinhos. Sou capaz de continuar amando o Thomaz, mesmo estando ele em ininterrupto processo de evacuação, mas ficarei paralisada no meu amor se, em pleno gozo de sua saúde, me der esta informação cediça: espere um pouco, Antônia, que vou ali fazer uma coisa que ninguém pode fazer por mim. E não pode falar isso ainda agora, depois de séculos de casamento. Thomaz sabe que não brinco. Cássia nem liga, acha graça na hora e fim, passa logo a outro assunto. Afora esta diferença, somos parecidas como duas gêmeas e — me veio este pensamento agora — ela não reprimiria Thomaz em nada. Não sei se acho bom ou ruim ela ter o mesmo pensamento que eu a respeito de fezes de cobra. Pareço ter ciúme destas formações tumorosas da minha imaginação. Acho que o desgosto é por Cássia ter falado. De qualquer maneira, neste ponto somos diferentes. Eu não falo. Suspeito até que me conte estas coisas, porque no fundo adivinha meu transtorno e ela mesma, sem que saiba, experimenta a mesma atração pela indecência contida naquelas naturezas que nos convidam a prevaricar, a pecar contra uma lei ainda não escrita. Cássia não me poupou, nem eu a interrompi, fascinada: estava enrolando as bolas de carne e a Carolina perguntou por que as bolas eram vermelhas. Então ela não sabe? Mesmo assim respondi: por causa do sangue, uai, carne tem sangue. Ficou com as feições transtornadas; por que você disse isso, mãe? Por quê? Por quê? Agora atrapalhou tudo na minha cabeça de novo. Você é burra, estava quase consertando tudo e você falou isso, burra, por que você falou? Por quê? Cássia disse que a menina ficou irreconhecível na sua fúria. Que será isso?, Cássia perguntou. Eu sei e ela também sabe. O mesmo desgosto que me fazia, na idade de Carolina, cortar eu mesma os cabelos, curtíssimos, a ponto de precisar depois abaixar as mechas com sabão. Não tenho força agora para pensar detidamente sobre o resto da conversa de Cássia com Carolina, mas começo a vislumbrar um sentido nesta sentença misteriosa: "Não resistais ao mal." Assim o ermitão Soledade ensinou à Vicentina Correias, que ensinou a mim. Por hoje, chega. Que a minha alma cuide do que eu não posso.

Irmã Divino até que adivinhou qualquer coisa, quando em 1953 falou que eu possuía a 'vocação das alturas'. Me conferiu grande importância. Atrás deste destino fui no Fubá Torrado procurar a Correias e, como sempre acontece, tive a sensação de estar no teatro, pregando uma peça. É um alívio quando melhoro do sobrenatural e encontro na rua, como hoje, a Maria do Batata, mulher quase inexistente de tão fora dos compassos. Me contou, sem pilhéria, que vinha de encomendar pra ela uma sepultura no segundo andar, porque ela sofre de asma e, se ela própria não cuidar, vão enterrar ela embaixo, junto com o Batata. Disse que ficou horrorizada com a morte do Nezinho e se eu sabia que o Bode foi achado morto no rio. Falou que não quer casar de novo e mandou um recado pro Volpiano: me esquece. Acho que é fita, tá doidinha pra casar e é com o Volpiano mesmo. Encontrar a Maria me faz grande bem. Ao que parece, vive a uma saudável distância de Deus, coisa que experimentei hoje, botando blusa sem manga e saindo pra rua. Difícil acreditar que voltarei a sofrer, feliz como a Maria do Batata, que não busca as alturas.

Ontem falei de alturas e hoje, logo cedo, levo um tombo a três passos do ponto de ônibus. Dona Lila, da janela do carro em movimento: machucou, minha filha? Hein, Antônia, machucou alguma coisa? Dona Cida e a filha no portão, botando o lixo pra fora, gritando também, querendo saber do estrago. Eu só queria correr pra minha casa e curar a vergonha, pensar no acontecido. Como não acredito em acaso e na véspera me vangloriara com a história de 'vocação das alturas', achei o tombo um presentinho de Deus, me preparando para a graça da simplicidade. Rebeca, que conseguiu pegar o ônibus, foi chegando no serviço e telefonou preocupada, ainda que rindo sem parar. Enchi uma lata de goiabas e fui levar pra Maria do Batata fazer doce. Queria mesmo era escutar a prosa dela, que eu adoro. Contou o inacreditável, que está indo todo dia ao cemitério fiscalizar as obras do segundo andar da sepultura e o indecente do coveiro se engraçou com a pessoa dela, cochichando: o Batata não brota mais não. Verdade que ela chorou um pouquinho pelo desrespeito ao marido, verdade também que riu da piadinha do coveiro. Também achei graça. Não adianta fingir.

Me demorei muito, Thomaz já tinha jantado quando cheguei. Vou arrumar uma gueixa pra mim, ele disse. Pois merece. Meus interesses se modificam bastante, à medida que, ora, à medida que envelheço. Thomaz fica mortificado, acha que é desconsolo meu, desmazelo, me queria com mais vaidades. Estas, tenho de sobra mas ele não percebe. Gosta de vestido bonito, cabelo arrumado. Me falta berço pra andar como a Abigail. Perguntei quem costura pra ela, fui lá, encomendei igual, deu tudo errado. Madalena diz que a costureira se perturbou porque expliquei demais e falei em 'saia com panejamentos', grego pra coitada. Todas as vezes que explico muito uma coisa, querendo facilitar a vida das pessoas, elas não entendem, passa do ponto. Acabei passando o vestido pra Cassinha, que também — é outra — tá pouco ligando. Tenho uma fantasia de botar um vestido maravilhoso, de cintura alta, meio longo, de tecido macio, precioso, exigindo uma joia que agora tenho preguiça de descrever. O meu cabelo vai estar penteado. Os sapatos não sei como vão ser. Serei o centro de uma festa, num lugar de que também não quero falar. Assim, não tem importância minhas roupas serem tão descartáveis, porque o vestido é perfeito e indestrutível. Só serve em mim e ninguém mais o usará, ainda que eu queira. Só me importo pelo Thomaz. Ele merece uma mulher mais alinhada.

Toda vez que eu falo na Maria Edwiges com o Thomaz ele não se lembra quem é, até que eu explique tratar-se da Maria, viúva do Batata. Quis saber por que me demorei tanto. Vai contando, ele disse. Comecei e ele dormiu num instante. Funcionaram como soníferos os casos da Maria Edwiges: a galinha chocou só macho, pode? Perdi o cadeado do portão. O Volpiano tá me rondando, pode? Só tenho asma quando fico nervosa. Não comunguei porque xinguei nome, tem base? Num minuto Thomaz ressonava. No dia seguinte queria saber o fim do caso: você disse que o Volpiano tá querendo casar com a viúva do Batata? Thomaz anda muito feliz. Tornou a falar numa gueixa pra ele e mostrou preocupação, me achando fora da realidade. Falou com muito amor, querendo me salvar de uma coisa que vê me rondando e pode ser boa ou má.

Meu dente vem dando maus sinais. Faz tempo gritei por socorro e o socorro veio. Talvez devesse ter anotado a forma natural como tudo aconteceu. Desta vez o Clemente olhou e disse: fica tranquila, dona Antônia, não precisa passar o motor mais não, é só botar de novo o cimento; não segurando, faço de novo. Vai ficar legal. Ontem, uma escova macia deitou abaixo o muro de arrimo do Clemente. E agora? Esquisito, ensaiei os horrores de agosto passado, mas com algum progresso. Não contei a Thomaz. Fiquei sozinha com meu medo e Deus. Quero ser humana. Tenho certeza, vai aparecer um jeito de eu tratar meu dente sem dor, tive o sinal de que será assim. O que me impede, pois, de proclamar como já recebida a graça que receberei? Sinto medo e o começo de um perigoso tipo de cansaço. Isto também é humano? O que me faz mais humana? Mansidão ou desespero frente a meu destino? Vaca não escolhe, cumpre. Eu a invejo e peço a Deus que escolha pra mim. Parece aquele agosto, quando pressenti o perigo de desejar entender o que me acontecia.

Visitei o Soledade. Debaixo do portão, vi a metade de uma chave aparecendo, peguei, abri e entrei. Mexia num canteiro de hortaliças, me olhou como se nos conhecêssemos. Estava muito emocionada, maravilhada e quanto à chave disse que a pusera ali pra mim. Vamos pra minha casa, falou me encaminhando pro quartinho dele. Sentou-se nos calcanhares: estou por sua conta. Vim aqui por causa do medo, Soledade, comecei como se falasse com São Francisco de Assis. Ele não riu de mim hora nenhuma, perguntou de qual dente se tratava, tudo sem interromper ou dar palpite.

Só riu quando expliquei que não tinha coragem de pedir coragem porque se Deus atendesse eu teria de fazer a coisa para a qual não tinha coragem. Enfim, eu disse, qualquer caminho me paralisa. Como Deus brinca com você, Antoninha. Eu era então um objeto de Deus, brinquedo d'Ele? Mas, e o dente? O dente, ele falou, é uma coisa enervada, viva — ai, viva, viva? —, tem sensibilidade, dói e você pode usar todo recurso para que não doa e pode, escute bem, ficar até o fim de sua vida do jeitinho que está, sem nunca mais passar perto de um dentista. Foi das palavras mais libertadoras que escutei até hoje. 'Claro que não é pecado não tratar do seu dente, quando isto representa seu bem-estar. Você é mais importante que seu dente. Vale pra Deus o que você decidir.' Soube então o que é tirar um peso das costas. Pena Thomaz não ouvir aquilo, porque, ao contrário de mim, acredita muito em força de vontade, nessas ideias de obrigar o corpo, disciplina, mandamentos de *O moço de caráter*, que leu na adolescência, por indústrias do pai. O Soledade segurou meu pulso e, a propósito de outro assunto, me disse na saída, quase no meu ouvido: também detesto trabalhar. 'Detesto trabalhar', 'Não resistais ao mal', 'Faça o que te faz feliz'. Respirar é o mais sagrado dos ofícios, foi a poética que me veio, e a lembrança dos recorrentes recém-nascidos, sonho sobre sonho. Estaria eu também por nascer? A roupa folgada que o Soledade trazia em cima do corpo magro, sua boca limpa, seus olhos diretos me perturbaram. Se o beijasse não se assustaria, tenho certeza, talvez me beijasse de volta, paciente e bondoso. Sabe que desejo tentá-lo, sabe mais que eu mesma que não admito por inteiro este pensamento. Disto não duvido, ele gosta de mim. Tive certeza porque o surpreendi me olhando com a mesma atenção com que olha beija-flores, a atenção esquecida. Um dia, talvez conte a Thomaz o acontecido. A bem da verdade não me julgo uma mulher fraca, a não ser em questão de dentes.

Só hoje, às vésperas dos trinta anos do nosso casamento, Thomaz reparou. Cheirava as fronhas deliciado, dizendo ter sorte grande por ter casado comigo. Se a Malfisa escutasse! Troca as roupas de cama duas vezes por semana e vive se gabando. Fiquei muito feliz com os elogios do Thomaz, principalmente porque não contava com eles. Perguntou se gostei de visitar o Soledade, contei tudo, menos que segurou na minha mão e me liberou pra nunca mais ir no consultório do Clemente. Falei da Maria Edwiges. Esta me pegou na rua, me reparou bastante e perguntou curiosa: tá boa, Antônia? Eu respondi graças a Deus! Só. Se falasse joia, maravilha, ia despertar desconfiança nela, que é muito atilada. E também porque não quero ficar parecida com o Ormindo. A um casual tá bom, responde com um verdadeiro discurso sobre sua felicidade, incluindo o aspecto fiscal da vida dele, que, todo o mundo sabe, é um inferninho muito dificultoso. A Edwiges falou que ia pegar calquinor porque só assim ela aguenta comer chuchu e que a última chuva aprontou uma destruição na horta dela. Aproveitei e perguntei pela construição da sepultura, ela disse que faltava só rebocar e caiar. Ia botar cerâmica vitrificada mas desanimou com o preço. Achava bonito mesmo era málmore, mas sepultura dessas é pra rico e no fim, disse ela, com málmore ou sem málmore tudo é uma carniça só. Mudaram o coveiro, informou com uma pontinha de sem-graceza. Aquele que te cantava? É, tem lá, agora, é um velho meio aleijado. Ai, suspirou, ainda vou no Pau-Torto hoje, ver se o Tonico conserta minha sombrinha. Maria, Maria, ir no Pau-Torto sozinha, a essa hora... Que nada, ela disse, a cara é a guarda do corpo, ninguém vai mexer comigo não. Achei a Maria mais desiludida com a própria beleza, menos perempta. Se não se decidir logo o Volpiano cansa de esperar, Thomaz falou, afinal o que não falta é viúva querendo administrar a mercearia dele.

Sepultura de málmore, sepurtura de máumore. A sepultura de mármore. Sete falas, sete céus. A Edwiges ficará em qual céu? Um verdadeiro maltírio, de dar nálzeas. Adorou saber que náusea é vontade de vomitar. Ela, que fala nálzea, ri da mãe que fala gumitar. Vamos e venhamos, a Edwiges fala bicabornato, minha mãe falava antusiasmo e meu pai dizia embosteiro para xingar seu chefe, desviando um pouco o sentido, pois não conhecia embuste. Eu, que falo bicarbonato sem tropeço, sei a raiz grega de entusiasmo e aplico embusteiro corretamente ao reitor de nossa faculdade, tenho, não há dúvidas — ou há? já não sei —, melhores condições para conversar com o Soledade, dizer sem corar, numa assembleia de psicólogos, que Jung é mais que Freud, como pessoa e cientista. E vou brilhar, principalmente se o Nildo Filgueiras estiver na plateia com o seu freudismo previsível e balanceado como a cadência da Campolina na carroça do Cambada. No mundo medra a injustiça, mas é impossível tanto mal debitado apenas a nós, tão fracos. Deus é misericordioso, sei e provo. Desconfio de rede invisível sobre os precipícios. A Edwiges falou que tudo é uma carniça só. Pois eu já acho que tudo é um brinquedo só, um brinquedo de Deus. Sério, mas brinquedo. Até bem depois de formada, eu dizia previlégio. Foi a Luiza quem me corrigiu.

A cadência da Campolina na carroça do Cambada. A ouvidos estrangeiros um belo verso, talvez. Parece grego. Mas é só uma armadilha da nossa língua querida. Cambada é o apelido do Juvenal carroceiro, carroça é carroça mesmo. Campolina era o nome da égua dele e cadência, a palavra correta para a ocasião. Se dissesse a marcha da Campolina, não reproduziria com fidelidade o freudismo do Filgueiras. Olha aí um problema de alta qualidade: marcha é marcha e cadência é cadência.

Falei desconfiar de rede invisível sobre os precipícios, e o que quero dizer é exatamente o contrário: confio, acredito que haja redes etc. etc. Porém é assim que se fala. Desconfiar que debaixo do angu tem carne quer dizer exatamente confiar que tem carne debaixo do angu. Nestas situações, desconfiar é sempre um crédito. Desconfio que chove, desconfio que o Teo vem me ver. Desconfio, isto é, confio tanto que nem vou sair de casa. Vou inventar um serviço bem demorado pra ninguém desconfiar de nada, isto é, para todos confiarem que quero mesmo lavar vidraças.

Hoje é 7 de dezembro de 1989, véspera da Imaculada Conceição. Daqui a pouco dá duas horas. Os telhados reverberam. "Os cavaleiros estão junto à porta, nossa defesa exposta: grita a plenos pulmões, não te contenhas, levanta a tua voz como trombeta e faze ver ao povo a transgressão: eis o pecado que não leva à morte." 'Vem cá, meu bem.' Ambos me assustam, o Teo e a Bíblia.

Ó palavra sagrada, que quereis ensinar-me? "A maior ação do amor é pensar", sim, porque é um pensar matemático — o que estou dizendo? —, uma visão, o pensamento perfeito. Outros pensares cansam e o mais exaustivo deles: é pecado ou não é? O mais antipático e insuportável, o labor do diabo dividindo meu ser. Polícia é polícia e bandido é bandido; quem assim falou foi pro céu, pessoa inteira, 'tou sangrando assim é de ódio, não tem deus nada não. Eu e mais ninguém acerto minhas contas, ô doutor, estanca este sangue aqui, que eu vou atrás daquele desgraçado. Alguém já viu Deus? Deus é eu'.

A tomada da Fortaleza Antônia.

Vem cá, meu bem, foi o que o Teo me falou.

Thomaz anda muito calado. Suporto mal tristeza que não a minha.

Sonhei com um patrão que, para me castigar, botou uma cobra no meu pescoço. Não sentia o pavor habitual. Pelejava por desvencilhar-me, pedindo ajuda a meu irmão. Acordei, meu próprio braço rodeando o pescoço. Perguntei a Thomaz a razão de sua tristeza de ontem, ficou meio sem jeito, insisti. 'Você não vai gostar de saber.' Me deu um pequeno calafrio. 'Fico chateado de você se enfurnar e até hoje não ter tomado expediente com este dente seu.' Que alívio, era o dente! Meu dente, fosse sozinha, ou freira, ou muito velha, acho que tomava expediente nenhum. Mas tem o Thomaz e agora o Teo. Daqui a pouco tenho de conversar com eles de boca cerrada igual à Maninha do Calixto. Fosse hoje teria pago o conserto dos dentes dela, tadinha. Logo a boca não fechou direito quando ela morreu, os dentinhos podres aparecendo. Vou rezar redobrado pra Maria Amada me ajudar a tratar meu pobre dente — se demorar muito, meu podre dente. O Clemente falou que ele tá joia e não posso nem pensar em perder.

> Maria Amada, pra salvar meu dente
> me dá coragem de ir no Clemente.
> Maria Amada, por Nosso Senhor,

quero tratar meu dente, sem dor.
Maria Amada, em sua companhia
eu amo e louvo e honro a Maria.

Os quatro primeiros versos inventei agora. Os dois últimos, há mais dias e rezo entremeado no terço. O Soledade aprovou. Disse que Maria Amada é mesmo uma santa e, agora que morreu, posso invocá-la. Gema é muito corajosa, por isso mesmo vou contar só a ela este pensamento: meu medo vem diretamente de Deus, é um dom por ele mesmo doado. Onde mais, senão nos fracos, vai mostrar seu poder? Eu própria não fazia medo na Cassinha só pra ter o gosto de adular ela depois? Deus não me quer longe do seu colo, fica me treinando com o medo. Ao corajoso dá sofrimentos que nem imaginar consigo. A mim joga e pega, joga e pega, como um ioiô. Há os que Ele joga sem corda, mas eu sou só uma doméstica parva.

São Paulo me dá calafrios.

Faz tempo não me sentia tão mal. Pareço oca, não me constituo. Porém, tudo até hoje teve remédio, não posso me esquecer, e, a bem da verdade, há muito tempo a coisa ruim não vinha. Sou poderosa porque não sou deus. Este pensamento é parente daquele outro: minha fraqueza é um dom. Ambos maiores que eu. Alguma coisa — eu — é e não é deus. Sou, portanto, adorável. Quantos deuses existem?

Dois. Ele e eu. Ou então só existe Ele e eu sou Ele, e de novo sou deus. Escrevi uma poética no segundo caderno. Eu tenho três, assim chamados: *A beleza do mundo, A dor do mundo, O amor do mundo*. O caderno da beleza está quase cheio, o do amor nem se fala. Da dor só tenho duas poéticas. A segunda escrevi hoje e se chama "A dor de dente". Pensando bem, vou pôr ela aqui mesmo. Reli e vejo que não fala nem de beleza, nem de amor, mas de uma dor esquisita, de quem está a pique de perder o controle. Um livro, que leio sempre, ensina: "A manifestação de Deus nas profundezas da Terra atemoriza o homem", mas que este terror é bom porque "júbilo e alegria podem vir em seguida". Começo a melhorar. Desponta a parte macia de Deus, a que aprecio mais. Acho que o Teo existe e que eu também não sou uma ficção.

A DOR DE DENTE

O medo é um ídolo,
tanto quanto a coragem,
capazes de me enganar.
Ó Deus mágico,
a laranja não é uma laranja,
fosse e a adoraríamos.
Eu é a mais secreta palavra
e a mais sagrada.
Eu é Deus.

Mas e mim, quem é?

Se sois eu, por que tal temor em Vós?

A quem amo, se amo, senão Vós?

A quem ofendo, se ofendo, senão Vós?

Jonathan não existe?

Deus adora deus, que cria deus,

que salva deus, que suplica a deus,

por amor de deus, tem piedade de deus.

Eu amo Jonathan, eu que não existo.

Não preciso mais rezar, não hoje

que todo o poder me foi dado sobre as fezes do

[mundo:

Não existis, abjetas matérias.

A sabedoria é loucura?

A   Deus.

Jonathan é o nome que inventei pro Teo nas poéticas e Teo é o nome que inventei pro Soledade. Penso nele de manhã à noite, até quando não estou pensando. Alguém teria percebido? Beca falou de si pela primeira vez com simplicidade que me comoveu. Tão bonita, parecia uma meninazinha: no amor sou das que acolhem. E eu? perguntei por amor ao perigo, eu e Thomaz, qual de nós dois é o acolhedor? Ele, respondeu sem hesitar, me obrigando a ver o que eu não queria: estou apaixonada pelo Soledade.

Hoje de manhã, tomava sol pensando em Maria Amada, me chamou a atenção o movimento abrupto, uma folha nova desenrolando-se até a metade certinha sob minhas vistas, liberando de um jato a água contida em suas dobras. Uma resposta do céu. Claro, falou Gema, você já viu rosa desfolhar-se por inteiro na sua frente? Me lembrei da florinha no canteiro debaixo da janela, se abrindo de uma só vez, parecia uma bailarinazinha, uma sombrinha. É um susto! Na primeira vez em que nos vimos o Soledade me disse: fique atenta aos sinais. Alguma coisa em mim peleja por se abrir. Na roça tem laranjeiras precisando tratamento, são por uma parte bonitas, até com flor e laranjas, folhas verdinhas, por outra estão secas, onde a seiva não vai.

Filho de Deus, Jesus, tenho amor por Vós, um grande amor por Vós. E saudade. Me cura. Me dá o Espírito Santo. Será que nunca mais vou dar conta de escrever uma poética? Meu braço dói, deve ser reumatismo. Será que fico velha sem fazer aquele vestido? Oh, gente, só tinha quarenta anos quando escrevi esta queixa!

Pois estou cheio de palavras. O Espírito que está em meu peito me oprime.

Do Livro de Jó

De quando o Soledade me beijou até hoje — faz quatro anos —, nada mais teve seguimento em nenhum dos meus três cadernos. Fora uma poética que ainda não sei se é mesmo boa, todas as tentativas se frustraram. Me beijou na boca e falou eu te amo. O mundo não parou, eu sim. Só quem sabe é Gema. Descobri o sobrenome dele, Tahan. Se chama, de batismo, Jorge Teodoro José Tahan, turco, árabe, não sei exatamente. Não é como Thomaz, um brasileiro indubitável. Não voltei mais ao eremitério, nem posso fazê-lo, por enquanto. Desde o acontecido me encontro com Gema praticamente todos os dias. Começamos a falar até nos esgotarmos, eu, do beijo do Soledade, ela, do encontro com o Gold's Hair. Evoluímos tanto que hoje nossa diminuta irmandade faz de tudo, até a ousadia de rezar pelo mundo, assim mesmo, pela salvação do planeta. Apenas em dois dias não falamos do Teo e do Hair. Teodardo, escolhi este nome por causa de sua raiz semântica — raiz semântica? Vejo que recupero a fluência, me ponho de novo a encher cadernos. Raiz semântica, ah, não vou apurar o que disse. O pensamento quer seguir andando, não posso recusar bobagem nenhuma.

Estou com muita saudade da Maria Edwiges. Foi ver o mar pela primeira vez, vai voltar extasiada com o 'opor do sol sobre as ondas', bem esquecida da sepultura de dois andares que afinal conseguiu respaldar e 'ficou boazinha, mesmo sem ser de málmore'.

Vou passar pro caderno o único escrito que fiz desde que o Soledade me beijou. Falei no túmulo da Maria e na poética usei também esta palavra, por isso me lembrei. Gosto de escrever poéticas. Nela se fala o mesmo que nos outros escritos, mas de modo perfeito, 'com balanço', conforme diz o Manoel. Na semana do acontecido — do beijo — a Maria passou por mim na rua e falou: que é isso, Toninha, que cara é essa? Eu, hein? Mais pessoas me olharam atentamente. Eu tinha uma aura, por certo, sentia a radiação. A diferença entre as poéticas e as escritas comuns, a radiação.

> Calçar as meias,
> não se pode fazê-lo
> sem consultar os vigilantes olhos.
> Devo aceitar que lábios
> têm o mesmo gosto de abismos.
> Sabe a nada a carne apodrecível.

Não é muito bonito? Dormir com o Teo para depois chorar, espoliada. Teodardo. Tão bonito que parece de mentira. Queria escrever só em poéticas, mas o mundo foi feito assim.

Contei pra Gema minha invenção ela falou: uai, comigo você só chama ele é de Teo mesmo, qual é a novidade? Fiquei pasma. Inconsciente existe mesmo e ainda por cima nos trai. E eu achando que faço tudo por raciocínio próprio, passando recibo e logo com o nome do Soledade. Ainda bem que foi com Gema. Por pouco e qualquer bobo descobre meu segredo.

> Lavar e pôr flores em túmulos,
> trocar molduras de fotografias,
> tentando redimir o pouco amor.

A poética não me sai da cabeça. Pus nela o nome de "A paciência divina".

Desconcerta saber, energias que não controlamos nos passam rasteiras. Seria deus o inconsciente? Por isso quero tanto um extasezinho, dar um passeio por regiões longínquas? O certo é que a cada dia estou gostando mais desta parte de mim, que faz contatos imediatos sem eu nem saber, eu que tenho calafrios só de ver uma cigana. Briguei com a Cassinha quando disse que a benzedeira curou a erisipela do Stênio. Foi por sugestão, teimei. E sugestão é o quê? Pois quero hoje é quem me sugestione, me hipnotize: Antônia, por minha ordem, vais dançar lindamente, representar coisas que sua alma sabe fazer mas você tem vergonha. Salve o ridículo que assiste à paixão! Salve verso horroroso cantando em meu coração: Teodardo, dardo divino! Uma salva de palmas pra Santa Teresa em êxtase, a boca meio aberta, aah!

Me assustou a confusão com os nomes do Soledade. Você só está mais desarmada, Gema falou. Com a força do querer fez o Hair bater na porta dela às onze horas da noite. Foi translumbrante segundo me disse. De outra vez que repetiu a mágica, um desastre. É um poder perigoso, ela ensinou. Vou parar com a mania de acender o abajur e ficar ordenando a lâmpada piscar. Quando precisei saber se o Soledade tinha deixado de me amar por causa do recado bobo que lhe mandei, Deus teve pena e fez ela piscar três vezes me absolvendo. É preciso necessidade para as coisas acontecerem. Posso muito bem esperar. Thomaz, se vir a lâmpada piscando, vai pensar que é defeito no interruptor. Boa palavra esta: desinterrompida. Como quero ficar.

Só o rigorosamente necessário é espontâneo. Veio sem dor este pensamento, como as poéticas. Temia encará-lo, com medo de descobrir-lhe um equívoco. Não temo mais. Beijos de Deus, estes pensamentos dão felicidade, como quando sentada debaixo de uma árvore, bem esquecida de mim, alguém diz: que lindo o cacho de acácias por cima do seu cabelo, parece uma grinalda! Chega-se a corar de felicidade. Diferente mas bem igualzinho ao que Beca acaba de me dizer: a senhora hipnotiza. Eu? Sim, quando a senhora fala. Mas que coisa! Havia dito pela manhã: quero que me hipnotizem.

Quero muito ficar desatenta e quero muito fixar a atenção são a única e mesma coisa. Por um segundo que for, desejo o que um dia me aconteceu por três vezes seguidas. Sentia que 'acordava', que voltava a si, como diria a Maria do Batata. Durava um milionésimo de segundo mas foi joia. Meditei. Ou tive três desmaios, raptos, como são chamados na vida dos santos, desmaios em Deus. Não foi um dormir, foi um 'estar lá', de onde se voltava, exato um rapto. Contei pro Soledade, riu de leve, sem abrir a boca, sem insistir no assunto. Me senti meio ridícula, desapontada. Álvara contou que, indo pro sítio pegar os frangos da ceia, viu com aqueles olhos dela o Soledade ajoelhado do lado de fora da ermida, sem que pés nem joelhos esbarrassem no chão, as mãos postas, a cabeça inclinada, adorando. É por este homem que me apaixonei. Álvara, apesar de conversadeira, tenho certeza só contou pra mim que só contei à Gema. Ninguém mais vai saber. Pois é este homem que me beijou na boca e me falou eu te amo.

Quando inventei pro Soledade o nome de Teodardo, não sabia do Teodoro no nome dele. Que perigo! Mas que interessante também. Que perigo interessante, oscilei à sua borda.

Thomaz anda inquieto. Madalena me diz com delicadeza e modos pra eu voltar à realidade. Gema acha que tudo acontece porque não vejo mais o Teo, não voltei ao eremitério. Os recém-nascidos voltam em sonhos sobre sonhos, Clara e Rebeca novinhas, eu dando banho nas duas, enfeitando as meninas, passeando com elas em campo de flores, amando, cheirando elas, nenéns que me querem, me procuram, gostam de se encostar em mim, dou-as à luz, ponho no peito para que me suguem, partos deliciosos. Passei mal esta noite mas não acordei Thomaz. Enfiei o livro debaixo da roupa e fiquei apertando ele igual a um afogado, o *Livro das delicadezas de Deus*. As dores são reais e tenho medo de dores, medo de precisar de novo ir ao pronto-socorro. Ah, não se é capaz de morrer, é tão impossível morrermos por nós próprios quanto nascer. Que grande medo nascer e morrer. Agora um pensamento horrível e grotesco, vergonhoso. Entrego ele pra Deus, não quero nunca pensar nisto, nesta situação infernal que me vem à cabeça. O que ou quem pensa horrivelmente assim dentro de mim? Tento ir até o fim da coisa pavorosa que diz respeito a mim e ao Teo. Ó Deus, a cabeça me castiga muito, preciso de Vossa ajuda. Sonhei com meu próprio enterro, solenidades numa igreja, quis mas não tive coragem de me ver no caixão. Era aparecer demais acompanhar meu próprio enterro. Junto com Thomaz, Madalena, o povo numa espécie de procissão, famílias, homens carregando crianças, mulheres com terço na mão. Madalena repetia o que diziam de mim, que eu sabia benzer. Depois o sonho ficou bom, casa, jardim, vasos, plantas viçosas, casa antiga, armários e portas altas, pequena roseira cheia de botões. Não bate sol neste lugar, pensei, vai continuar bonito? Que quer dizer este sonho? O melhor dele foi eu jovenzinha descendo uma ladeira com um pote e 'fazendo tipo', querendo ser vista por um moço.

Fui com Gema no padre Glauber e achei mais ou menos. Ainda assim me ajudou. 'Quando vier o medo tente subjugá-lo. É sempre menor que você. Você é o patrão. Administre o medo.' Imagens são valiosas: o monstro na coleira, ou rugindo do lado de fora da cerca, melhor que coisa sem nome ou rosto. Graças a Deus está voltando uma devoção antiga de eu bem menina: Nossa Senhora. Quem é Nossa Senhora?

Amanheci muito feia, ao longo do dia fui melhorando. Queimei o único bilhete que o Soledade me escreveu. Deus aprovou o sacrifício. A fumaça foi subindo, um fragmento de cinza junto, o sacrifício de Abel. Sonhei com uma meninazinha sobre minha barriga. Gema mudou-se. Nem com a Maria Edwiges quero conversar, não tenho achado graça nela. Tentei de leve, sobre as dificuldades da vida ela disse: as almas ficam muito desocupadas, ficam a fim de arrumar serviço. No cemitério um telefone sobre um túmulo. Falava nele e a voz do outro lado eu reconhecia como a do padre Luna. Tão esquisita a morte do padre Luna, morte que não assenta. Num lugar, feito um sertão, topei com o andarilho, cajado e roupa marrons, conversamos qualquer coisa. Não foi hostil, perguntou o nome de alguém que inventei. Ele — ou outro? — carregava a cabeça de um velho muito corado, pra servir de alimento. Comia daquilo, não estava putrefata. Depois entrei no cômodo onde Thomaz trabalhava, perguntando pela banca de carpinteiro. Troquei, ele disse. Saímos de bicicleta, briguei com ele por ninharias, depois eu levava uma criança e me vi com meu pai precisando saltar uma muralha de pedras. Achei um lugar bom, durou pouco a alegria, estava lá agarrada às pedras e da mesma cor delas, amarronzada, dorso geometricamente desenhado, a cobra. Depois picou meu braço protegido por um pano e voou no ar, parece que caiu morta. Queria sair de uma casa, a porta dando pra outra que dava pra outra e outra e outra, até que uma deu na rua, alívio. Um caminhão pesadíssimo tentava subir no passeio.

E poços de água clara, poços com peixes, água onde me banho sem roupa, águas-vivas, e crianças recém-nascidas, crianças. Clara e Beca novinhas, Alberto, André, sonhos interessantes demais, eu colocando oferendas em túmulos, comida para os mortos, eu católica. Uma criança com a cabeça da rainha Nefertiti falando meu nome, An-tôni-a, An-tô-ni-a, seu poder afastava as feras. Gema esteve aqui por um dia. Aproveitamos como pudemos, falei dos sonhos. Continua parada no Gold's Hair. Tiramos pensamentos do *Preciosas palavras*. Temos livros orientais que muito prezam os sonhos, mas não somos infiéis, Gema e eu. Nosso Alcorão é a Bíblia. Tentamos só cruzar os códigos, já que "um só é o Espírito" e amamos gozar de sua estupenda e variadíssima igualdade. Mas assustei-me, pois saiu pra mim: "Não vos deixeis enganar por vossos profetas que estão no meio de vós, nem por vossos adivinhos, e não escuteis os sonhos que vós sonhais. Pois eles vos profetizam mentiras em meu nome." Gema condoeu-se, sabe que não tenho sua força, seu discernimento. Antônia, falou me recriminando, a Bíblia é a primeira a dar importância a sonhos, José do Egito, Jacó com o Anjo, Daniel e Nabucodonosor. Você não gostou muito do padre Glauber, mas ele pode te ajudar com este escrúpulo, acredita em benzeção, mau-olhado. Mas Deus é maior que o padre Glauber, vamos tirar outro pensamento: "Vós me procurareis e me encontrareis, porque me procurareis de todo o coração e eu me deixarei encontrar por vós. Oráculo de Yahvé." Tá vendo? Tá vendo o quê? eu falei trêmula, inquieta. Antônia, nós por acaso não estamos procurando Deus de todo o coração? Não tem erro, Ele vai nos instruir. Tão segura, Gema já queria falar de novo no Hair, mas aceitou de boa vontade escutar antes o sonho da floresta, dos arbustos e do carneiro, um dos sonhos mais bonitos que já tive até hoje.

A Edwiges trouxe para mim duas camélias imaculadas. Mal acabava de pôr as flores gêmeas no copo, Clara telefonou: pode agradecer, recebi as duas. Hein? As duas graças de Nossa Senhora, já esqueceu? Pode agradecer.

Oh, Deus, trinta anos do meu casamento. Thomaz está triste, ou é meu medo que vê apreensão em seu rosto? O que de terrível pode acontecer? Mãe de Deus, socorre-me, não quero sair pra comer pizza no Pádua nem sopa de galinha no Juvenal. Não quero que venham aqui nem mesmo a Madalena ou a Cássia. Meu desejo profundo é a súplica, a súplica permanente, só e apenas: tem piedade de mim. De manhã sol, trevas ao meio-dia, sol no meio da noite, trevas de madrugada. Há quanto tempo insônias? Um cansaço me quebra, uma exigência me mantém acordada. Senhor, eu, eu vos digo, minha juventude, saudade, saudade da minha alegria. Madalena se ressente comigo. Por meu egoísmo, diz ela, Thomaz, os meninos estão ao deus-dará. Egoísmo espantoso, ela disse. Como é viver sem medo? Não de cobras, mas medo puro sem rosto. Já vivi sem medo, grandes intervalos sem medo, quando estamos todos juntos, quando rezo com Gema e no tempo que durou o meu — o quê? — com o Soledade, meu abalo sísmico. São enjoos, insônia, dores no corpo todo. 'Um sonífero de vez em quando ajuda, Antônia, ginástica, caminhar, passeios ao ar livre', ó Deus, manda alguém pra rezar comigo.

Thomaz continua calado. Tenho ganas de avançar nele. Tinha prometido nunca mais ficar triste se meu dente não doesse. Minha vontade é falar com a mesma força as dessemelhantes tomara que você morra e Deus te abençoe. Antônia é tão honesta, um quilo é um quilo, nem um grão a mais. Rebeca, vem cá, filhinha, depois você vê televisão. Vai na casa da Mércia levar o troco da passagem. Era meninazinha e queria fazer, fazer, fazer com um desejo tão forte parecendo de comida e fazia eram casas com tijolinhos e argamassa e bonecos de farinha. Por inanimados que fossem, minha fé era de que eram vivos, não morriam, porque o bonequinho existia antes de eu fazê-lo com a massa, a casa também. Parece, é quase certo que desejava o bonequinho para meu serviço, para eu mandar nele. Tal bonequinho tem também uma forma maligna, aparece nos sonhos, escuro, exorcizável, com vida própria. O importante destas lembranças é a vida-própria, ruim ou boa, vida-própria. Eu inventava o que existia por si. Casas, casas e recém-nascidos voltando nos sonhos e o prazer não se acaba.

O meu desejo agora de fazer poéticas não é, transformado, o mesmo que me compelia às casas e aos bonequinhos? Igual como uma fome, uma sede, uma necessidade do corpo, letal se não atendida? Um dia olhei tanto formigas, tanto, que vi o ser nelas exigindo expressão e expediente. No céu, o torso de um carneiro daqueles de belos chifres retorcidos e eu o olhava por dois motivos: porque eu queria e porque ele exigia, me atraindo. Também contra o céu os arbustos agrupados. Impossível não olhá-los e fazê-lo era entrar mais fundo no desejo de olhar. Queriam ser vistos, tanto quanto eu queria ver. É o melhor que já me aconteceu em toda a minha vida. Esta vez em sonhos e outra em vigília. Para experimentar de novo entrego tudo, até a vida, porque foi a vida que eu tive. Assim chamo ao que houve: adoração. Eu vejo um Tu que me vê, ambos imprescindíveis. Por via de pequenas formigas pretas, descubro a pobreza de um Deus que não fosse três, vibrando perpetuamente na tríplice adoração. E o Espírito é a felicidade, o prazer inesgotável, a ação de graças eterna gerada na adoração. Glória, glória! Maria da Glória, que nome bonito podia ser o meu.

Quero me olhar no espelho a esta luz ingrata. Estou velha, pálida, diferente de quando me olho no espelho de Rebeca, onde sempre estou melhor. Quero olhar sem medo esta comissura em declive e dizer um pequeno sim para Vós, Deus, meu espectador. Sim, para que me aplaudas e me conserves a vida. Clara tem grande pressa em que eu fique velha: mãe velha é mais boazinha e você velha fica mais bonita. Deus se esconde com tal força, não há como não vê-lo. Ainda direi sim, por puro amor. Rebeca se apanhou sozinha na varanda quando subiu cantando um carro de muitos bois: mãe, mãe, mãe, gritava, tão pequenininha, tou até balançando, falou, o coraçãozinho aos pulos. Foi tão bom poder ser compassiva: ó, Bequinha, é um carro de bois carregando tijolos, é a roda que está cantando por causa do peso, vem tomar água pra passar o susto, não tem perigo, filhinha, a mãe te pega no colo pra você olhar os bois. "Não tenhais medo, pequenino rebanho, o Pai vos ama."

Nossa! falou a Maria Edwiges, não tem três minutos que começou a escrever e já encheu três folhas? 'Ó, Maria, preparei-lhe um belo discurso, mas esqueci-o.' Hein? É São Francisco, Maria, descobrindo que palavra alguma serve às galas do amor. A Edwiges, muito acabrunhada mas querendo mais, e eu falando como boa atriz: "Socorro, Yahvé, o fiel está sumindo, cada qual mente a seu próximo, falando com lábios fluentes e duplo coração. Corte Yahvé todos os lábios fluentes e a língua que profere grandezas, os que dizem: a língua é a minha força." Yahvé me penaliza. Eu seria só lábios fluentes? Faz quatro anos já da minha influência e leve temor me ronda porque recupero a língua e seus prazeres. Posso mesmo fazê-lo? Não é roubo? Não, porque Deus não tem língua, eu sim. O diabo também não. Falarei para poder calar-me, amo o silêncio e tenho o inferno por lugar dos ruídos. Falarei em três cadernos distintos. *As dores do mundo, A beleza do mundo, O amor do mundo*. E só de dois modos, em poética e rezas, pra que o Senhor de novo não me corte a língua e de novo tenha de ir ao doutor contar meus sonhos de casas, casas, recém-nascidos, eu nua com uma placa no pescoço onde as pessoas liam meus pecados, numa fila passando a mão com gosto no traseiro dos homens, sendo soterrada mas achando uma porta que dava — ah, sim, tenho de reconhecer — para verdes pastagens onde um cavalo fogoso e arreado me esperava. Rebeca desenha como nunca. Tinha medo de desenhar como minha mão queria. Agora obedeço à vontade da mão, falou com os olhos relampejando. Que bela noiva é Rebeca, tão trêmula por descobrir que alguém desenha com sua mão. Me basta ouvir seu coração aos pulos, como no dia em que o carro de bois a assustou: tou até balançando, mãe. Senhor, se Vosso amor é maior que nosso sofrimento ele é mesmo eterno. Eu Vos abençoo e faço sobre Vossa fronte o sinal da nossa cruz.

É inacreditável que Clara esteja agora emburrada porque não pode ir ao *Show do Canoa*. Sapateia como qualquer menina, ela que produziu na sua cabecinha esta hecatombe: Deus é inconsciente. A consciência d'Ele sou eu. Resisti à tentação de consolá-la. Falando ou não o que fala, uma menina de sua idade quer mesmo enturmar-se, ver show de roqueiro, graças a Deus! Eu, sim, devo meditar, tentar entender o que disse com tamanha certeza: sou a consciência de Deus. Ele ficou arrependido e culpado de botar nós nesta fria. Jesus é a maior prova do pecado de Deus. A senhora é muito boba, o pecado não é só meu, não. Se fosse, eu era deus e sou deus por um acaso? Olha, deus quer que a gente perdoa Ele. Quer só, não, precisa, senão a infelicidade d'Ele é do caralho ou então o mundo não tem explicação. Padre My Love falou que a enchente não é culpa de Deus Pai não? É minha por acaso? Deus desenha igual à Rebeca? Canta igual à tia Madalena? Mas gente faz isto tudo. Eu já xinguei deus. O pensamento vinha eu espantava, vinha eu espantava. Eu queria juntar deus e fedaputa, foi ficando tão apavorante, tão apavorante que eu falei de um soco: deus fedaputa. Não aconteceu nada, eu fiquei calma e a ruindade sumiu. Se não fizer assim não conheço Ele. Me conta de onde que eu tirei a vontade de xingar Ele? Me conta. Eu não faço pecado não. Eu sou o próprio ele em carne e osso. Deus dentro de nós fica com saudade de quando não tinha feito nós e tudo era uma coisa só. A peleja do mundo é que tudo que está partido e diferente quer ficar junto e igual de novo. Se Jesus veio pra nos salvar ele sentiu a maior culpa de todos. Sentiu a enorme culpa de ter saído do pai dele, foi o homem que mais sofreu. Emprestou o corpo pra Deus sofrer. O mundo já foi criado assim como está, bichado. Padre My Love tá por fora. Que retumbância!

Queria muito discutir com Gema os pensamentos de Clara, mas enquanto o Gold's Hair estiver em Coronas ela não vai ter cabeça pra mais nada. A peleja da lógica, esta sim, é escuridão, Clara falou, um pensamento, depois outro, depois outro, até chegar num ponto escondido, que de repente clareia, um ponto que já é, já estava. Onde? No lugar que chamam de escuro e é, ao contrário, o lugar da luz. Por que a senhora está tão admirada? Não vive rezando o "Vem, ó Luz Santíssima"? Por que esta cara de nunca ouvi falar? É muito retumbante a senhora. Clara falou de ouvido, mas acertou. Sou mesmo muito redundante.

Padre Brás, talvez? Não, é tão frágil. My Love, nem pensar. Difícil aqui em Coronas, o Soledade, quem sabe mais tarde a gente discuta um pouco, quando eu estiver bem firme. A juventude de Clara a faz dizer coisas muito engraçadas: 'um homem famoso como Jesus' ou 'encontrar Cristo com consistência'. Dormindo agora, é a nossa Clarinha, a menina que até hoje Thomaz põe no colo e sofre, como ele diz, amoroso, de 'combustão espontânea'. Ser pobre é ter paciência, foi o que ela disse antes de pegar no sono. E ainda: pobre é muito mais *chic*.

O doutor ralhou comigo quando chamei minhas dificuldades de minhas doenças. É um processo, dona Antônia. Doença, processo, foi um estado de paralisia sufocante que me fez ir atrás de seus serviços. Me dei conta quando rezava: "Seja feita a Vossa vontade." Estranhei como nunca. Não. Isto, não. Maior que eu não dou conta de ser. Até então fora só lábios fluentes e a minha força, a força da minha língua guardando a culpa e o pecado como uma posse, um poder contra Ele. Foi Clara quem me instruiu sobre a coisa satânica. Não escrevo mais poéticas, não sou criatura, sou como Vós, lábios in-fluentes e língua sem força. Deus não é humano, Deus não sabe escrever, e eu que aprendi não queria fazê-lo, pois queria ser deus. Ele não sabe, faço por Ele, pratico o crime que à falta de outro nos redimirá aos dois de nossas tão diversas condições. Sim, sim, cada vez mais é assim que a compreendo, a vontade divina. Esta é a pobreza, a vontade divina governando minha vida. Pensamentos vêm aos borbotões: de que é em mim que Ele repousa seu Espírito, de que o bem compete a mim, ainda que Ele não peque, de que sou puro pecado e Ele sente culpa em mim, de que, como não me separo d'Ele hora nenhuma, fica parecendo que a culpa é minha, de que a quadratura do círculo é questão teológica, de que a física está prestes a intuir a Trindade, de que se não tivermos culpa real não há sentido em falar em salvação, de que sou deus, de que não sou deus, de que se o homem perder-se deus está perdido. Se "a criação foi sujeita à vaidade não voluntariamente, mas por vontade daquele que a sujeitou", segue que Clara e o apóstolo Paulo estão dizendo a mesmíssima coisa. E mais: "Deus endurece a quem quer." Não sou eu quem o diz. "A carne não se submete à lei do Senhor; nem o pode." Se "o Espírito mesmo intercede por nós", Deus se salva a Si próprio quando me salva. Qual é meu pecado, então? A física entender a Trindade, Clara disse que vai demorar, porque agora é que chegamos ao telefone celular. E fax, que todo o mundo acha o máximo, é muito discursivo pra seu gosto. O que o homem faz é desinventar o mundo, criá-lo às avessas, o deusinho gabiru: pica, separa, corta, depois ajunta de novo e fala ooooooh! Inventei o radar, chegamos ao periscópio, que parece uma pessoa muito alta na multidão virando o pescoço pra cá e pra lá, muito engraçado o periscópio, muito pobrezinho ele. Mas a visão já está inventada, e o que se vai ver, também. Tudo já está feito, o homem desfaz, pensando que faz, para ver o já feito. Vamos acabar com a canseira de preservar as graminhas e a floresta amazônica, vamos direto ao assunto: a culpa é nossa mesmo. Jesus, o pobre de Yahvé, é nos relatos quase impaciente. Não se precisa ir a inaugurações e responder cartas. Já está tudo perfeito, nada mais a fazer. Clara tem razão, parece que ecologia e ginástica só fazem retardar o processo. 'Deus é amor' é mais perfeito que 'Deus é bom'. Amo Thomaz e às vezes quero matá-lo. Amar Thomaz é ser boa e má pra ele de maneira escolhida e dedicada. A Maria Edwiges está batendo na porta. É até bom, descanso destes pensamentos. Se lhe contasse ia falar: Jesus de Cristo! Que confusão! O amor de Deus na Maria do Batata é tão explícito, forma até aura!

Olho Thomaz levantar-se. Impossível não nos salvarmos. Tosse um pouco. O modo que um homem tem pra viver sua vida não deixa margem pra nenhum orgulho. Chegando agosto, talvez o tempo tenha sua parte de culpa nesta meditação à beira de um ataque de lágrimas. Persevero na súplica: vinde, dai-nos, salvai-nos, perdoai-nos a gravíssima ofensa, não aceitar o mundo tal qual é, recusar a obra de Suas mãos, não perdoar Sua Vontade Santíssima. Gema diz que só agora a vida dela está boa, depois que conheceu o Gold's. Antes pedia para morrer, queria arrematar logo sua vida. "Se a carne foi feita para o Espírito é uma maravilha. Se o Espírito foi feito para o corpo é maravilha das maravilhas. Mas eu me admiro de que tal opulência tenha vindo morar nesta pobreza." Consta ser um dito de Jesus, se trata de um apócrifo. Me alegra ver Jesus triste com a tristeza do mundo, confirma sua humanidade. Faz tempo não vejo o Teo. Hoje estou velha e feia. Carmita começou a fazer ginástica. Fiquei desanimada pra ela. Não acredito em ginástica, nem em regimes ou cremes. Se soubesse que o Teo ia aparecer, em poucas horas ficava jovem e ágil porque ele é a minha ginástica, meu regime secreto, meu elixir de eterna juventude.

De novo me lembro do sonho maravilhoso, o carneiro com chifres e os arbustos, o que vê querendo ser visto. Deus se enamorando de Si "reclamando com ciúmes o Espírito que pôs dentro de nós". À época o Soledade perguntou: 'A cor era marrom? Cor das coisas espirituais.' Se contar de novo à Gema, não vai perder a paciência. Quando vejo uma árvore ela também me vê e só então. E por causa. Os olhos de Deus sou eu. Ou é o contrário? Chega. Não, não chega, é uma descoberta a de que Deus me fez para flertar com Ele mesmo. Pois é o que Jó descobriu — Clara falou — e liberou Deus: pode bater à vontade, não sou culpado mas aceito apanhar. Apanhar sem saber adianta nada, mas aceitar o sofrimento apressa a felicidade divina. Por que a senhora acha que depois Jó ganhou tudo de volta? Ficar feliz é dar esmola pra rico, o que ele fez com Deus. Jesus fez mais, porque sabia mais o que estava aceitando quando falou sim ao pai dele. Deus não pensa não, e, se Ele pensar, quero saber d'Ele mais não. Quem pensa é eu, a senhora, a Maria do Batata. Ah, quando eu sou ignorante sou igualzinho a Ele.

Thomaz anda preocupado com Clara, tem tido pesadelos, não quer saber de comer. Não estou preocupada não. Clara tem muita saúde e, pra dizer a verdade, não acho que deva fazer curso nenhum, a não ser o que já está fazendo no conservatório. Não mostrei a Thomaz para não lhe aumentar a preocupação. Achei dentro de um livro, com a letra espalmada de Clara: 'Não tenho muito xodó com natureza não. Gosto mais de Mozart que de passarinho.' Não me preocupo, eu mesma quando mocinha tosava os cabelos do jeito que já contei e sou até bem equilibrada.

Já foi assunto pra mim o lugar que a Maria Edwiges ocupará no céu. Hoje está resolvido, pois ela se superou: rezo tudo quanto é oração, só pai-nosso me embaraça, lembro do meu pai e a reza empaca. Queria um pai igual o tio Viriato, pai daquelas meninas que vendia bucho limpinho, alembra? Podia até bater bastante, mas ligasse pra nós, interessasse de saber quem a gente namorava, ou deixava de namorar, marcasse hora pra chegar. Fala em pai e só vejo as feição de tio Viriato. Tio-nosso que estais no céu, essa é boa! Vou resistir à vontade de contar ao Thomaz o que ela me disse, o que lhe disse eu para ajudá-la, vão me cansar os detalhes. Quando cansar, desista, ensinou o Soledade. Vou falar só assim: a Maria Edwiges, a viúva do Batata, passou aqui hoje, muito metafísica.

Leve náusea campeia, tenho nervos, glândulas, segundo ensinam, muito delicadas. Quero um sinal do céu, um bom almoço e tirar do meu espírito este espinho: acho que não posso cortar o cabelo pra ficar mais bonitinha, porque devo suportar o peso desta possibilidade: se não houvesse sido inventada a tesoura, teria de me haver com a minha floresta capilar. Então devo sofrer a feiura — oh, parece que estou de novo querendo ser deus. Madalena falou que boba, índio não conhece tesoura e corta a samambaia do mesmo jeito. Tudo isso é porque faz tempo demais que não vejo o Teo. Você parou com a maluquice de dar ordens pro seu abajur?, Gema falou.

Ó lâmpada acesa,
demonstra que o Teo pensa em mim,
alterando por três vezes a intensidade da luz.
Poderia pedir: pisque três vezes
mas as palavras me afetam
e isto, que é um oráculo,
pede versos que repercutam
como compassados tambores:
portanto, lâmpada, ouve-me,
diz se o Teo pensa em mim.
É um poder pequenino, a esta hora
a corrente elétrica vacila,
o abajur é velho.
Creríeis mais, fosse uma sarça ardente?

Deus, tudo que peço me dá,
tudo que não sei me ensina.
Agora mesmo diz: dê graças.
Eu respondo não sei. Se me ensinares, darei.
Lampadazinha humilde, Teo me ama?
Responde, pela fama de Deus,
pela sua riqueza, três vezes,
por três vezes, responde.
Ainda assim, creio, quando a luz não fraqueja,
porque é só um castigo, um pequeno castigo
pra eu não tentar o Senhor.
O dia promete. Masturbação pode não ser pecado,
como matar não é, em legítima defesa.

        Teo me ama?
Nunca nem ao menos dançamos
           uma valsinha tola,
nunca nada, nada.
Minha lâmpada é ridícula
mas fará milagres quando eu morrer,
minha lâmpada ensinada.
Teo me ama?
Só hoje não quer mais responder,
tão cansada quanto eu,
doida pra ser comum, nem profeta
               nem mágica,
cheia da paz dos que não viram deus.

Cheia da paz dos que não viram deus é grandiloquente,
parece acadêmico discursando. Deixo por enquanto, só pra

segurar a ideia, bastante boa. Nem pra Gema vou ler. O nome poderá ser "O abajur milagroso" ou "A lâmpada ensinada". Aquilo de não cortar o cabelo pra aguentar a feiura em nome da humildade é o mesmo que me sentir obrigada a tratar o dente sem anestesia, o mesmo demônio me visitando, só que agora travestido de cabeleireiro, o indecente.

Cuidado, porque usurpo tua história,
os vales que na juventude
comoveram tua alma.
Conta mais sobre o dia em que teu pai chorou,
só tem essa história triste no mundo,
só uma história engraçada,
o dia em que Manoel comprou a motocicleta.
O Américo passava, eu ia atrás
pondo minha mão onde as dele esbarravam.
Deus criou um homem só:
qualquer vida repete Sua paixão
 e pensar é suplício.
Dó é igual a pena,
sol é igual a dado.
Bota o disco, Helena,
que eu virei soldado.

Esta poética nasceu por causa da felicidade. Ouvi de Gema este fantástico: 'Amo demais o Hair, ele é a pessoa que mais amo nesta vida, mas do jeito que ele quer eu não quero. Amo mais a Deus.' Isto sendo igualzinho a amo mais a mim mesma. Levamos uma tarde inteira para descobrir. O Gold's não sabe a pérola que está perdendo. Gema é a pessoa mais santa que conheço. Ama tanto que abre mão do que ama. Gosto tanto da história da vida de Gema. A poética é esquisita. Mas a vida também.

Crentes têm a cabeça duríssima, acho, porque são tristes. Não podem dançar, não podem beber, não podem fumar, não pecam de jeito nenhum, casam entre si e as mulheres não cortam o cabelo porque na Bíblia está "o cabelo é o véu da mulher". Graças a Deus que sou católica. Nunca ouvi um crente dizer uma tolice dessas: adoro quando põem na farofa uma coisinha doce, tipo uva-passa, ou ameixa. Ah, mas, a bem da verdade, sei por que me irritam tanto, somos iguaizinhos. A diferença é: corto o cabelo e considero figura de linguagem a afirmação de que só 144.000 serão os salvos. Só esta cidade nossa tem pra mais de 150.000. E o resto do mundo? Entendendo como eles, nem os crentes todos de uma cidade igual Belo Horizonte entrarão no Reino. Em muita coisa a Bíblia é uma poética, uma invenção de que se precisa para guardar a verdade que — esta sim — devo descobrir nas profundezas da minha alma gemente. Doutra forma, que será de mim que só quero repetir o esplendor do Teo me beijando? Quando Jesus fala "quem olhar uma mulher cobiçando-a já adulterou com ela em seu coração", não pode estar falando de mim, do meu desejo pelo Teo, senão Ele fica parecendo crente e Jesus não é crente, é o homem-deus, meu Salvador. Adúltera é palavra fortíssima, nem dormindo com o Teo viraria adúltera. Sei que Thomaz sabe que eu sei que ele sabe, circula muito delicado entre nós e se chama, no conjunto, amor. É como se ele estivesse apaixonado por Gema. Assim prefiguro o Reino. Gema concorda e acha que adultério será aceitar as condições do Gold's, mesmo sendo viúva. Não entendeu ainda o Gold's que "o amor cobre a multidão dos pecados". Isto é São Paulo de novo, agora como um católico e não como um crente fustigando as mulheres.

Sobra para nós uma única ação boa. Aceitar livremente a vontade que assim dispôs a criação, não é? Recusá-la é ter culpa real. Por que o sofrimento de Jesus? E de que Deus me salva? De Si próprio, para não Se perder. Clara irritou-se comigo. Eu falei estas coisas? Não entendo elas mais não, só entendi na hora em que o pensamento veio. Falei que tinha medo de ficar doida da cabeça e ela disse: que vantagem, loucura pra fugir de culpa. Mais fácil mesmo. Ó, com Deus tem que ser masoquista, bate que eu gosto. Ele não gosta de bater? Mas Jesus não é o Verbo, o Logos divino, e Logos não é igual consciência divina? Sendo Ele a segunda pessoa da Trindade, segue que Deus é eternamente consciente em Si mesmo. Segue que a senhora quer fugir da responsabilidade e jogar a culpa toda n'Ele. Olha, a senhora não se importa de eu não discutir isso agora não? Porque a Mara Regina vai passar aqui neste minuto pra gente ir no ensaio do Canoa.

Estou rezando assim, no lugar de seja feita a Vossa vontade: Senhor, coloco-me em Vossas mãos com tudo que me destes. Mas Gema disse que se eu não enxergo que as duas preces são absolutamente iguais é porque estou mesmo a perigo e precisando de uma providência.

Thomaz quis tomar chope no Canibal e eu fui, meio sem querer, sabendo da intenção dele de me ajudar nas 'dificuldades'. Começou igual quando me conta sonho: hoje pensei uma coisa, e acho que é certa. Não tem importância a gente pecar não. Fiquei atentíssima, nunca ouvira Thomaz falar nestes assuntos. Não tem importância pecar? É, ele disse, porque não tem jeito de não pecar, faz parte da natureza nossa. Pecamos, vamos pecar, me dá muita paz, me torna muito livre concordar com isto. Livre? É, porque me desamarra do passado e do futuro, não preciso chorar o leite derramado nem ficar perseguindo perfeição impossível para a minha natureza. Resta viver só o presente do melhor modo possível — viver o meio-dia, lembrei o Soledade falando, o agora e tudo —, futuro amarra igual passado, ele continuou, o único futuro é Deus. Thomaz, você prestou atenção à missa? Não, estava muito distraído. Madalena terá razão quando diz que abandonei Thomaz, casa e meninos ao deus-dará? Tomou um gole de chope e falou: sossega, Antônia. Thomaz como Isaías. "Não vos lembreis das coisas antigas." Reparei que ele também não queria chope nenhum naquela noite, queria só me ajudar. Em casa me atraquei com ele e chorei até dormir. Hoje você não precisa do comprimido não, ele falou, vai descansar muito.

Fui visitar a Maria Edwiges, diz ela que teve um sonho muito bonito comigo, André pequenininho, de uns três meses, eu precisando viajar e não tendo como deixar o menino, ela disse pode ir que eu fico com ele. Fui, pra ler na cara dela se o sonho tinha sido bom mesmo, queria detalhes. Me contou na rua, alvoroçada, levei muito susto, naquele exato momento pedia ininterruptamente à Virgem Maria pelo André, cismadíssima com a viagem dele. Madalena fala: minhas cismas são porque não tenho coisas concretas pra padecer, como pelejar com a doença do Aníbal, feito ela. Gema diz que a culpa é minha, não há nada de ruim rondando o André, que eu invento moda pra sofrer porque o Thomaz me trata como a uma noiva, e tudo na minha vida é uma beleza. Procede o que dizem, acho que devo sofrer porque sofreria se fosse infeliz. 'Deus é como a gente quer que Ele seja', Gema pensa assim, olha minha vida, falou: antigamente, se alguém me pedisse um favor tipo leva esta encomenda pra Arvoredos, eu levava na hora nem que eu morresse. Hoje, se me perguntam levou?, eu digo esqueci. E esqueci porque fui ver filme antes, arrumar o cabelo, ficar uma hora tomando banho quente. É a primeira vez na vida que não quero morrer e vou ser feliz primeiro, antes de qualquer outra obrigação. Descobri que Deus é meu pai. Não tem isso que peço que não alcanço. Antes não pedia, era tão bacana, tão educada, eu, sem ter onde cair morta e fazendo mesura, bancando a rica com Deus. Puxa vida! Minha vida tinha de ser mesmo a tristeza que foi. E ganhando elogios, Gema é tão boa, tão prestativa. Só operações fiz sete. Agora que sou ruim, até em vestido drapeado, que fiz pela primeira vez, Deus me ajudou. Não deu um defeito, o dinheiro veio a tempo de eu saldar meus compromissos, até videocassete ganhei no meu aniversário, apanhei saúde. Tem que pedir, pedir é reconhecer pobreza. Meu povo não sabe da minha paixão pelo Gold's, o presente mais maravilhoso da minha vida. Madalena e Gema rezam sem conflito, não experimentam confusão com o "seja feita a Vossa vontade". Esta me esquarteja, onde está esta vontade? No seu coração, falou Clara, porque, se a senhora puder querer alguma coisa fora d'Ele, a senhora não é mais criatura, é também deusa. Arre! Deusa? Que vergonha me deu. Quando descia para a casa da Edwiges, dois molequezinhos no passeio, brincando de irradiar futebol para-ra para-ra, para-ra e: oia a veia na pista. Para-ra, para-ra. A velha na pista, eu? Exato na hora me imaginando com dez anos, vendo o pai encher o carrinho com a terra do desbarrancado e despejar no lugar onde queria plantar as bananeiras, cinco horas da tarde, o pai, a mãe, irmãos sem ter morrido nenhum e um crepúsculo que dali a pouco ia me perturbar para o resto da vida. Lembro com dor, os estudantes me apanharam distraída atravessando a passeata: deixa a velha passar. Olha a velha na pista, deixa a velha passar. Sou triste ou alegre?

Se não estou atormentada, feito hoje, sou alegre. Gema fala em cura interior, Madalena culpa minhas leituras. Quem sou eu, de fato? No mesmo dia em que os molequinhos me magoaram, assim que bati no portão da Edwiges, um menino mais novinho ainda gritou: vó, tem uma moça aqui te chamando. Falava de mim. Se Deus for igual meu pai, nunca vai acontecer nada de ruim comigo, nem com os meus. Por que eu fiquei assim? Nossa Senhora te cura, Gema falou, se sua dificuldade é com Deus, pega com ela que ela te ajuda; olha pra mim, Antônia, o bagaço que eu era, você é testemunha. Nem ela nem Madalena escrevem secretamente como eu, que melhorei bastante porque despejei a peleja neste caderno. Quem sabe se eu for escrevendo, escrevendo, descubro o que é e onde está a santíssima vontade do Senhor e fico feliz feito Madalena e Gema. Vou pegar com Nossa Senhora, esquecer de Deus um pouco.

Thomaz falou: não tem importância pecar, aceito que peco, perdoo que tenha sido criado pecador. Quando o Soledade mandou a Correias perdoar a mãe, que ela não sabia que odiava, queria lhe dar a infância feliz que ela nunca teve e terá se, aos quarenta e cinco anos, perdoar a mãe. Thomaz me ajudou muito. Não quero especular agora quem me impede de rezar o pai-nosso, para não perder a simplicidade experimentada de repousar em minha própria fraqueza. Agora lhe conto o sonho com os arbustos e o carneiro e vou pedir a ele pra repetir o sonho com a formação de estrelas.

Ficou tão impressionado que desenhou o sonho, com régua e lápis de cor. Uma vez, em Páramos, só nós dois, saía do banho já tarde e Thomaz, da janela do nosso quarto de hotel, olhava a praça lá embaixo. No céu nublado a lua tinha uma auréola. Estou pra o que Ele quiser — falou com voz inusual —, que felicidade a minha, meu Deus! Escondia o rosto pra eu não lhe ver o choro. À tarde havíamos visitado a igreja de São Pascoal, onde tem o Cristo de mármore branco, um Cristo muito grande, parecendo um nórdico. Em Páramos, Thomaz só enxergou o Jesus louro. Não se importou com o parque ecológico, com as comidas, com a coleção de armas do major Barcelos, o herói. Comprou doze postais do Cristo e ficou com todos. 'Estou pra o que Ele quiser.' Foi neste dia também que disse às gargalhadas: na hora da foda poética, o tálamo, o hipotálamo, a hipófise, a pituitária, o simpático e o pra lá de simpático vão tudo pro brejo. Tive medo de que alguém nos ouvisse.

Da carne para o espírito. Até hoje fiz o inverso. O certo é: a carne primeiro. Não é à toa que Madalena diz de tio Vicente: nunca foi num bar beber um copo de cerveja, nunca viu um filme picante, dá pra conversar coisa que preste com um homem desses? Thomaz tem razão, pecar é o de menos. E tem mais, tempo é pecado. Aliás — viva a Maria do Batata —, escrita sem poética é de amargar. Graças a Deus livro não esgota assunto, biografia não esgota homem, aliás, eh! Ah, portanto, esqueci o que ia dizer. Fenômeno mais esquisito:

preciso de óculos pra ler, todavia fecho os olhos e imagino um impresso com letra supermiudíssima e vou diminuindo, diminuindo e ainda assim leio enxergando com a maior nitidez. A imaginação vê tudo, não carece de óculos. "Os olhos verão a Deus." Thomaz me ensinou: está escrito seja feita a Vossa vontade, mas está escrito também pedi e recebereis, ou as duas estão certas e não se podem contradizer, ou nenhuma está. Você pode rezar o pai-nosso e pedir o que o seu coração mandar, Antônia, você está parecendo crente. Desagarra, fica leve.

Parece blasfemo falar o mal vem de Deus, mas é mais salvador. Sinto que farei disto uma poética, pois não é a rigor um pensamento. O mal já está feito, devo fazer o bem. Conforme Clara, o mais primeiro no homem é sexo e comida e todo santo tem por penitência ficar virgem e jejuar. Estar com fome e comer, seja feijão ou gente, é humildade, um sim para a condição. Jesus recusou os dois. Deus fala com ele seja homem e ele responde: não, serei Deus. Nossa Senhora já é o contrário. Deus fala com ela não seja humana e ela responde sim, eis a escrava do Senhor. Ela é inconspurcada, já é o que seremos, o que já fomos. Jesus recusa e luta. Ela aceita e louva. Só ofereço virgindade a Deus quando recuso sexo; quando aceito, não ofereço. Entendi quando Clara falou, está estranho agora — era mais ou menos: porque recusou sexo Jesus não foi humilde, recusou a condição. Nossa Senhora é o mal, a humilde, acho que ela é demônio. Isto não vou escrever porque é apavorante. Comecei a temer por mim e por Clara, por causa das palavras que dizia, da horripilante junção demônio-virgem. É ela exatamente quem lhe esmaga a cabeça, lhe disse catequética e aflita, há incompatibilidade entre os dois. Basta seu nome para que ele fuja. Sei não, disse, Jesus tinha a maior falta de paciência com ela, pareciam estranhos, e, se a senhora falar que é por causa do temperamento de Jesus, eu não engulo. Deve ser coisa mais séria. Quem diz sim absoluto, igual ao dela, sofre? É humano? Impossível não concordar com Clara. Seu título por excelência, por causa de imaculada, seria Nossa Senhora da Alegria, Nossa Senhora dos Prazeres. Por que nossa Igreja, sempre tão cautelosa e sábia, permite que a invoquemos como mãe de Deus, quando por muito menos quis assar Galileu? Por que não se fala aqui em heresia? Ao contrário de Clara, não acho Maria o demônio, mas o Espírito Santo encarnado, o deus-mulher, a forma feminina de Deus. Não posso me contentar apenas com a encarnação de Cristo, porque eu, Clara, Rebeca, Gema, Madalena e Cassinha não temos pênis e nossa forma concreta tem de estar em Deus, ou nos desesperamos. Esta forma é Maria, o Espírito Santo, onde Deus é compassivo, misericordioso e leve. Pois é, Clara falou, acontece que a mulher mais feminina que existe é também a mais perigosa, olha a Fausta e a Luiza. Qual das duas é a mais capeta? A Fausta. E quem leva a fama é a Luiza, porque levanta bandeiras, discute, briga, mas perto da Fausta é uma inocente. Fausta sabe, sabe, sabe e fica na moita, anônima, toda imperceptível e política, comandando o mundo. Não tenho dó de mulher nenhuma, a senhora tem? Mulher não sofre não, só homem. Clara, eu sou feminista? Ah, a senhora e a Gema são meio bobas, devem continuar invocando Nossa Senhora pra ela dar um jeito em vocês. Chama-se Nossa Senhora de Onipotência Suplicante, vou anotar pra discutir com alguém. Clara já esqueceu o que disse, sua preocupação agora é ajudar o Canoa a preparar o show. Temo por mim, que passei parte da vida evitando Nossa Senhora, o que parece um namoro, não admitido, com o maligno. Este também é mulher. Não tenho dúvida alguma sobre a bondade da Virgem. O perigo em Maria é sua bondade, parece mais forte que Jesus, no mesmo sentido em que um homem é mais fraco que uma mulher, sempre. Eu não quero ser forte. O feminino é horrível. Salva-nos, mãe de Deus! Peguei um filme pornográfico, mas não foi com intenção de nada. Peguei porque quis.

A televisão está mostrando o hospício, a doida falando: quero voltar pra casa de portão azul. Quem fala assim não pode ser doido não. Mais doido pra mim é quem fala como o Ednaldo: tou lendo um livro muito ruim, mas vou até o fim. Assim não se pode sarar das hemorroidas. O que é, é matéria. A matéria de Deus é seu amor. Sou materialista. Tudo que é, é espírito. E as fezes? Entram no esgoto e vão pro rio, pro mar, pra onde? Vão existir eternamente? Prefiro o diabo acorrentado. Tirar as fezes é como tirar as cobras da floresta. Tem graça sem elas? A televisão insiste no hospício. Entrego a Deus o malcheiroso assunto, Ele saberá o que fazer. Os mágicos tiram dez lenços de onde não tem nenhum, ou ao menos um é preciso pra fazer a mágica? Podem ser uma ilusão as fezes, pode não ter fezes nenhuma, o que há é matéria transformada. Melhorou. Já estou curada e não é uma bostinha qualquer que vai me atrapalhar. O salão do Ednaldo se chama Salão Pssiu: Simpatia, Fineza, Amizade e Cortesia. Quero que o Ednaldo se cure. Como eu.

Clara voltou do ensaio, não gostou de jeito nenhum. Disse que a banda é legal, mas o Ars Cenica, um desastre completo. Você vê aquela turminha discutindo no boteco e fica de boca aberta, achando eles uns cobras. Tudo bobagem. Quando abre a cortina a senhora não reconhece os babacas, tão gozado. No boteco é que são personagens, no teatro viram eles mesmos, uma pobreza. Lembra o que a Rebeca contou da aluninha dela, a voz não é o corpo que fala, não, é a alma. Eles falam sem alma, nunca mais vou no teatro deles. Eu, Antônia, represento o tempo todo, me tranco no quarto pra representar, pra ficar de verdade, pra ficar viva, tudo consciente, consciente, consciente até — como se fosse guiada — girar espontaneamente com necessidade e rigor, isto é, com inconsciência. "O vivo e puro amor de que sou feito / Como a matéria simples busca a forma." Vossa razão delira, dirá o Alberto, no fundo interessado nos meus pensamentos. Não tem importância eles não serem claros. Mourejar pela nitidez absoluta é cavar na areia. A gente meio que entende e é só. Insistir demais e corre-se o risco de rigidez e soberba. Por isso que eu gosto de poéticas, a forma clara da ambiguidade, a clareza lispector, isto é que é bom. Carla Soraia olha por cima do meu ombro e põe um ponto-final: a senhora é esquisita, mas eu gosto de trabalhar aqui.

Figurante constitutivo, consubstancial finitude, a história de Deus não se explica sem eu, sou eterna. Platão renasce em Clara que não conhece Platão que não conheceu Jesus mas se reunia à ceia com discípulos. A Platão incomodavam os poetas. Clara pede assustada: dorme comigo hoje, mãe, tenho medo da imaculação dela, acho que não quero ver aparição de Nossa Senhora não. Humanos.

"Os heróis da antiguidade amansaram o gado e atrelaram o cavalo. Assim, pesadas cargas puderam ser transportadas a regiões longínquas"... Dar uma volta com Thomaz vai ser bom, não me acostumo com remédios. Tomara que Amarilis aceite rezar comigo. Tão cedo Gema não volta. Rezar para que "a paz que excede todo entendimento", a paz de Deus, encha meu coração. Celebrar o mistério, pedir a sabedoria, desejá-la como a um amante, buscá-la com humildade e temor. As fogueiras arderam em bruxas e feiticeiras. De certo modo acertaram. Não é um macho o demônio, olhos e riso dele são mulher, um travestido, o pai da mentira. A virgem-demônio, não. Sinto a misericórdia dela sobre mim, sua santidade, seu perpétuo socorro. Eu sou o anticristo, homem sem pênis contra o céu. Quero excentrar-me, descansar como quando o Teo me beijou e não havia como separar em mim o que era corpo do que era alma. Disse quero excentrar-me, poderia ter dito valendo o mesmo: quero centrar-me.

O mais inesperado que Thomaz me falou: você é muito carente. Como se alguém me dissesse: tem olhos verdes, sabe?

Apenas sentada neste banco até o fim do mundo, ainda assim estou pecando. Existir é pecar. Quando pude estar com o Teo, a sós, falei-lhe das questões tormentosas, ele respondeu: ame, ame, Antoninha, ame sem medida. Elogiou minha pele, meu cabelo. Não sou uma teóloga, não adianta imitar Clarinha, esta é a verdade. Depois do lanche o Teo usou um palito. Ó Deus, com este sofrimento eu não contava.

À pequena confraria do pai-nosso, Maria Edwiges e eu, veio juntar-se Arlete, a manicura, que é do grupo de oração mas não crê na vida eterna: morreu, acabou. E o inferno? É aqui mesmo, pior inferno é ver filho sofrer sem poder ficar no lugar dele. Você reza pra Nossa Senhora? Claro, e ela ajuda na hora. E ela já não morreu? Ela quem? Nossa Senhora. Já, e o que é que tem? Tem que, se ela já morreu e não existe vida eterna, Nossa Senhora não existe mais,

Arlete. Existe, na hora que eu preciso ela existe. Não conto na confissão, vai que padre Brás me nega a comunhão e me expulsa do grupo, como é que eu faço? Deus eu sei que tem sempre, minha fé é o que me vale. Passo creme sabendo que vou morrer, acreditando que sou eterna e por isso vale a pena o creme. E apesar de que até hoje todo mundo tenha morrido, nada prova que não vá direto ao céu, sem morrer. Estou raciocinando feito a Arlete, com um errado esquisito, merecendo atenção. Thomaz tem certeza absoluta de que vai morrer, eu tenho só certeza. Fala também que civilidade não é bondade, é sim um recurso, nem por isso devo descartá-la e não preciso conviver em carne viva com as pessoas. Sabe do tempo, ainda assim quer madeira de lei pra fazer os esteios. Maria Edwiges apareceu, doidinha pra me contar com excitação e segredo que o Volpiano é um macho e tanto. Perguntei-lhe sobre a dificuldade com o pai-nosso, disse a respeito de si mesma: eh, mas vai ser boba desse tanto!

Inventando poéticas, minha letra é de um jeito só. Fora isso faço letra de todo tipo.

"Respeitados a moral, a religião, a brasilidade e os bons costumes", não vai sobrar poética que preste nesta camisa de força do regulamento do concurso literário de Coronas. Vou escrever o convite de casamento da Shirley, o mais redondo que posso. A letra do Teo é inacreditável, encho páginas e páginas copiando ele, imitando seu traço sem nenhum enfeite. Escreve do mesmo jeito de quando tinha quinze anos. Um 'eme' é um 'eme', é só um 'eme'. Não é uma montanha, nem uma cobra disfarçada, nem um rio, é uma letra que serve para escrever minha (adorada Antônia), morto (de saudade), mel (de abelha), mala (de viagem). As surpresas do Teo são sua normalidade. Feliz Natal e Próspero Ano-Novo foi o que pôs num cartão com neve, trenó e renas quando éramos noivos. Quero ser como o Teo. Deus! Estou escrevendo Teo, mas falando de Thomaz, a letra dele é que é assim tal qual descrevi. Foi ele quem me mandou o cartão! Já me aconteceu outras vezes. O que me comanda não gosta de divisões.

Lugares pardos, sem beleza aparente, fornos, cremalheiras, terra de carvoeira, intensa pobreza. Continua a necessidade de limpar-me. Alguma coisa cheira mal em mim, devo desembaraçar-me dela. Não vejo como me preparar para a luz nova sem incluir um purgativo. Vou tomá-lo esta noite, o de mais horrenda memória, mentrasto com sal de Glauber. Resistirei?

Recebi um cartão da Maria Edwiges: Para a Senhora Antônia T. Felícia *Laudas*. O mesmo raciocínio gramatical do meu pai, Travos para os meninos e, nas meninas, Travas. Tomo o purgante, como gente assustada ante iminente tragédia procura o que fazer. Varrem, tiram o pó, aproveitam pra desencardir o pano de chão, cooperando com o que sabem pra o teatro não desandar. Marquei hora no Clemente, vou dar um jeito de aprender um trabalho *manuel*, como dirá a Edwiges, trabalho *manuel* é muito bom pra distrair o espírito. Ela não sabe que manual vem da latina *manus*. Perto da Maria minha cultura é espantosa.

Coisas espantosas:

> minha cultura
> gente que faz haraquiri
> gente que se faz eunuco por amor do Reino
> gente que tem coragem

Teo a cada dia mais se mistura com Thomaz e Jesus, que estava outro dia com os mesmos olhos do Teo. Fui em frente.

Antônia Travas Felícia Laudes, ainda bem. Laudes é do Thomaz. Mais bonito com o sobrenome dele completo. Antônia Travos Felícia do Alverne Laudes. Não tive a ousadia de manifestar meu gosto no cartório. Ficasse solteira, inventava um ardil qualquer pra botar uma coisa de homem no meu nome. Assinava fazendo o *f* parecido com uma flecha, uma coisa em riste, pronta pra arremessar-se, travada — no bom sentido —, porque Travas Felícia é meio demais. Não fosse minha mãe, teria pior sina que Cássia e Madalena. O pai queria pra mim Rafaelina Antônia, nome da irmãzinha dele que morreu menina. Minha mãe horrorizou, ele fez abatimento, deixou por Antônia só, mas nunca deixou — e só ele, na minha família toda — de me chamar Primora, apelido da irmãzinha morta. Primora eu adoro. A mãe contava: minha madrinha queria Maria do Carmo pra meu nome e só me chamava Carminha. O pai queria Rafaelina Antônia mas me chamava Primora, a mãe só falava Antônia, adoro essa história. Vou responder ao cartão da Maria Edwiges Silva Martins. O Martins é do novo casamento dela com o Volpiano, vai morrer de gosto. O Teo me chama Antoninha, Toninha, Tônia, conforme esteja distraído, amoroso, impaciente. Só Thomaz me chama Felícia e quando chama sei direitinho o que ele está pensando. Nome é muito importante. Por isso pergunto a Deus quem é Ele e quem sou eu.

Difícil chamar-se Antônia porque algumas pessoas me chamam Tunica, com *u*. É péssimo.

Impecável no seu terno escuro, o carro limpinho e polido, só Thomaz ritualizou nas incríveis bodas da Sonaildes. Veio abanando-se e ordenou: abre mais a porta pro vestido não esbarrar. Vai morar aqui mesmo em Coronas? Sei não, depende da transferência do Almerindo. Botou a cabeça pra fora: mãe, vê se a Mixele entregou o porta-aliança pra dama de honra, do jeito que ela é sonsa. Falou dama de honra, do mesmo jeito que a Cenirinha gritava pra Anunciata: ponho o feijão pra cozinhar no fogão de lenha ou no a gás? Fiquei cheia de raiva da Sonaildes, Thomaz passava devagar nas poças, perguntando se o vento estava demais. Com este calorão, ela falou, deixa o vidro aberto mesmo. Desisti de qualquer esforço e — oh, progresso — da raiva também. Fiquei olhando o perfil do Thomaz, seu nariz, me assentei no banco como se indo a meu próprio casamento. Custou muito para que mulheres da minha extração dissessem apenas fogão. Fogão a gás, novidade bendita que desencarvoava as unhas. Quanto tempo vai durar ainda dama de honra? Quando casamos, Thomaz tirou nossas alianças do próprio bolso. Que erótico!

Graças a Deus Rebeca telefonou, o ônibus havia quebrado no caminho. A casa retomou seu tamanho, o ar do quintal ficou suficiente.

Pouco antes de acontecer tudo que aconteceu quando meu dente paralisou o mundo, eu tinha ido com Thomaz pra Arvoredos. Enquanto escolhia mourões pra reformar a cerca, achei no meio de uns paus de lenha uma rodela de arame farpado, perfeita coroa de espinhos. Senti um calafrio, hesitei e me coroei com ela. O que veio depois era como se tivesse nascido coroada, Deus sabe o que digo. Tomei providências secretas que Thomaz, pra não me deixar sem graça, fingia ignorar. Acreditou que por sugestão do Clemente devíamos ir a Serrinho, onde um dentista tio dele tratava com hipnotismo. Foram precisas duas sessões, a mão dele tremia tanto, a pulseira do relógio, clic, clic, clic, clic, sem parar, ele acendia a luzinha, me mandava firmar os olhos nela, eu muito arrumada, meia fina e salto, seguindo a luzinha pra ir perdendo a consciência, a sensibilidade do braço que ele testava com agulhas. Já pode? Não, senhor, o motor ainda não. A senhora é quem vai dizer o momento, respire bem fundo, dona Antônia, e siga a luz na minha mão. Clic, clic, clic, clic. A secretária do senhor pode sair, doutor? Pode sim, vamos tentar? Estou só sonolenta, quero ficar inconsciente, doutor. Tremia tanto que errou o lugar de pendurar o motor. Não deixei Thomaz entrar por causa de vergonha, um consultório antigo, um pardieiro perto do palacete do Clemente. O doutor estaria enxergando, meu Deus? Desistiu delicado, após grande esforço. A senhora pretende pernoitar no Serrinho? Ótimo, falou aliviado, ultimamente atendo poucos clientes. Vai ser bom pra senhora melhorar do nervoso. Amanhã às mesmas horas nós tentamos de novo; tenho certeza, vamos conseguir. No outro dia, já sem meias e de sapato baixo, bem sonolenta, perguntei: doutor, do jeito que estou e se o senhor der bastante anestesia, ainda dá pra sentir alguma dor? Em absolutamente, falou radiante e antes que me arrependesse, bem mais seguro e expedito, deu a injeção, passou o motor e deixou uma tonelada de cimento no molar, um verdadeiro cascalho na minha boca: se precisar mais polimento, o Clemente faz pra senhora em Coronas. Thomaz me esperava, comovido com um ninho de abelhas jataí, bem no coração da estátua, no centro da pracinha. O doutor é bom? É, eu disse, não senti nada. Tinha certeza que ia dar certo, falou. Comprei um anelzinho pra trazer de lembrança, mas anel nenhum assenta em mim. Dei pra Cássia.

A história do meu primeiro emparedamento não contei ao doutor, nem do hipnotismo, nem do beijo do Teo, nem que Thomaz reza por mim. Acho que não é preciso. Antes da sessão digo sempre: ó Santo Espírito, purifica meus lábios pra que eu só diga o que for preciso e ajudai ao doutor para o mesmo fim. Que já quis matar o Thomaz contei. Hoje foi mais ou menos. O estágio do André em São Paulo é demorado e este ônibus parece carroça, não chega de jeito nenhum, ó meu Deus, e se me der a ruindade aqui dentro, como é que eu vou fazer? Thomaz, dá pra me pegar na rodoviária? O que foi? Anda depressa com o carro, Thomaz. Quer ir pra casa? Não, não, nããããããããããão, este carro não anda não? Pro alto da rua Marquesa, Thomaz, pelo amor de Deus; o carro não anda, se demorar mais não aguento não. Pode chorar, Antônia, chore o que der vontade, vamos ficar aqui enquanto você quiser. Vai passar, da outra vez passou, quer ir embora agora? Tomar banho, dormir? Não, eu só preciso falar a palavra, se der conta me curo. Fala, Antônia, eu te ajudo, fala, não vai acontecer nada. E se eu falar e morrer um filho nosso? O que vai morrer está em você, Antônia. Thomaz, sem me enganar, tem confiança de que se eu falar a palavra não vai acontecer nada de ruim? Certeza absoluta, Antônia, quer que eu fale junto, eu falo, vamos começar: Pai nosso que estais no céu...

Vamos no Canibal tomar um chope? Eu fui. O emparedamento cedeu um pouco. Não dava pra passar o corpo todo, mas por uma boa brecha a cabeça passava, o ar era fresco e limpo, com muito oxigênio.

Como naquele agosto, quando pressenti ser perigoso querer entender o que me acontecia, fiquei quieta. Vou abrir o livro ao acaso. Não, acho que não. Para fazê-lo não posso duvidar do que vier, terei forças para: "que o Senhor extirpe os lábios hipócritas e a língua insolente?" Para quem estou mentindo? Insolente perguntar de novo. De manhã, sinal bem claro de uma ajuda em minha direção. "Quando estiveres nas trevas, não esqueças o que viste quando estavas na luz." Este pensamento podia ter-me aquietado ontem, podia ter vivido de sua lembrança, acomodando-me na escuridão até passar a tormenta. É o que vou fazer. Impressionante como os bebês se salvam nas catástrofes.

De todo jeito, saudáveis, mongóis, este ou aquele membro atrofiado, as crianças no meu sonho, recém-nascidos. E casas. Thomaz me salvando de perigos, perigos que se mostram ao fim com uma saída. No alto-mar é raso, o muro que devo saltar não é alto. Thomaz perto me ajuda, reiteradamente me ajuda. Por que só agora sonho com Thomaz? Sumindo o horror de fezes e cobras. Por várias vezes Rebeca pequenininha, os filhos todos pequenos, Clara novinha. Em vigília, impressões visuais prorrompem, uma tiara como um cocar, uma figura humana com esferas nas mãos, na cabeça, no lugar do coração. Nos pés não sei como resolver, porque as bolas giram, quero a figura com estabilidade, sob os pés não pode ter movimento — para que não se firam —, ah, a figura em pé sobre sólida e quadrada base de pedra está sobre uma rocha, imóvel, mas é viva e as esferas movem-se e todo o conjunto é vivo, então sossego. Meu pai e minha mãe têm voltado nos sonhos. Cuspo e o cuspo novamente se forma e cuspo e se forma de novo o cuspo grosso e sem fim. Em ânsias de limpar-me acordo, quero vomitar. Sonharam comigo Cássia e Madalena. Rolava na poeira, contou Cássia, a mão cheia de pílulas, toma, ela dizia, vai ser bom pra você. No sonho de Madalena via sair de mim um grosso rio de fezes, era um rio de fezes que saía de mim, todo o mundo vendo, eu nua. "Vou lhe romper também o braço são, do mesmo modo que aquele que já foi quebrado." Ó Deus, o que há comigo? Vou decepar o limoeiro do Thomaz, assim como está, com os primeiros botões, e, se a Carla Soraia tiver esquecido o lixo outra vez, vou começar a gritar. Preciso me confessar a respeito do Teo, não em Coronas, não com o padre My Love. Eu Te peço, Senhor, agora — que me tranquilizas? —, um sinal no meu corpo. Por esta janela aberta manda Teu anjo dizer a quem devo confessar meu amor pelo Teo. Venha com roçar de asas, brisa suave, pio noturno de aves... e esta dificuldade em respirar? Senhor, que dor é esta no peito, esta ânsia de vômito, vou morrer? Meus intestinos também estão com medo, urgem, o choro não sai, travas. E a morte? Que desenho esquisito o dos edifícios, que torre é aquela? Quero ar. E aquela cruz? Não reconheço minha igreja querida, só André está em casa e dorme profundamente, Pai de misericórdia, perdoa meus pecados, não me deixe morrer, ainda não disse seja feita a Vossa vontade, não me deixe morrer, me faz vomitar, me faz melhorar sem acordar o André, sem chamar Madalena, Cássia mora tão longe, oh, o sonho das duas comigo. Eu vou morrer, meu Deus, e morrer é assim, Virgem Santíssima, socorro, Mãe de Deus, socorro, valei-me contra este medo, Mãe de Jesus, por amor do Senhor, valei-me, André, André, me leva agora, filho, agora, chama ninguém não, me leva depressa a um "Lancei-te a rede e, sem o saberes, foste colhida de improviso, Babilônia, eis-te apanhada e presa, por haveres provocado o Senhor".

A mesma voz que ordenava 'trata seu dente com dor', com os modos de uma vontade perversa, vai me emparedar, matar meu filho se eu lhe obedecer. São inquiridores os olhos das pessoas, 'tudo bem, Antônia?'. A garganta fechada, a língua seca, sem intimidades com a respiração. Oca, de uma leveza ruim, Virgem, não me deixa de novo ter a coisa. Soterrada no sonho mas tinha uma saída, o doutor gostou do detalhe, achou bom que tivesse saída. Thomaz quer que eu chame Cássia e Madalena para aproveitarmos as goiabas em Arvoredos. Vão se desdobrar, mas minha inquietude é visível, estou falando mais alto, eufórica às vezes, desencaixada, querendo meu quarto sempre, minha cama, meu lugar de falar sem ser ouvida, Senhor Jesus Cristo, tem piedade de mim, eu não dou conta de falar seja feita a Vossa vontade, tem piedade de mim, tem piedade de mim.

Por que peso de Corcovado e não de Pão de Açúcar? perguntou-me o doutor inábil, recusando meu primeiro discurso, tomando meu desenfeite orgulhoso por despojamento. Tinha mau sorriso. Não confiaria àquele homem afoito a dor da minha alma. Me cura, Jesus Cristo, me dá o Espírito Santo. Que saudade da minha vida, às 11 horas o pai chegava encarvoado, a mãe exasperada porque o varal rompera-se com as roupas ainda úmidas. Onde estás, Deus destas misericórdias? O céu da minha boca está tão seco, oh, eu tenho um céu na boca, dá-me um sinal de que não foi um erro a crença de que sois bom, me devolve a alegria sem que eu passe neste caminho que não compreendo. Quando Madalena era muito pequena, intriguei-a com meu pai e cortei-lhe à força o cabelo amarelo, o que ela mais amava. Me horrorizei que dissesse não vou à missa com o cabelo assim, prefiro ir pro inferno. Só eu que delato irmãos não tenho coragem pra nada, nem pra céu nem pra inferno. O medo quer que eu o adore.

O segundo doutor ouviu-me a um ponto que eu mesma ouvi-me. Eu gostava da minha voz narrando, da tez, do sorriso obsceno, da estatura anã dos monstrinhos que permitia passear entre a estante e a poltrona de couro da sala, o doutor balançando a cabeça sem me criticar. Falei de novo 'peso de Corcovado', ficou impassível escutando, era bom falar, chamar à luz do dia a população das trevas, meu desassossego. Se a criação não for menor que o Criador, não se distingue dele, fica tudo na mesma, não há criação, não é, doutor? Concorda? Eu não sou deus, eu não sou deus, eu não sou deus, vou poder adorar, o que mais quero na vida. Vai acabar minha raiva de pessoas que só comem um ovo por semana 'porque o enxofre contido na gema dá para acender um fósforo'. "Alguém tocou em mim, saiu de mim uma virtude. E a mulher foi prostrar-se aos pés do Senhor e declarou diante de todo o povo que O havia tocado." Assim como aquela, cura-me, Senhor, a medrosa, já fui tão feliz convosco! Pode não ser minha a voz que me fustiga? Isto ajuda, doutor, todos à minha volta pensam assim. O mundo está certinho, o único jeito das coisas existirem é este mesmo, minha menina diz isto. A criação é menor que o Criador, Ele é maior que a obra de Sua mão. Artista é Deus às avessas, concorda, doutor? O que ele faz o suplanta, por isso gosto de escrever poéticas, não respondo por elas, recito-as como a oráculos, oráculos de Yahvé, o deus terrível, o deus literal. Ser virgem é também não ser violada, o corpo vale ou não vale, castidade é bem outra coisa. A alma é inviolável, em outra sessão lhe explico. Grande progresso é não ter vergonha de carregar o... tem palavras que acho difícil dizer... traseiro. Uma pessoa casada com Jesus não pode ser tão chué, falar em monotom, a roupa delas me acusa, tenho implicância com freiras. Na escola, queria ser missionária. Madalena, minha irmã, diz que leão tirando pedaço da bu...nda dos cristãos ela acha fácil e não é difícil ser mártir. Madalena é corajosa e martírio em filme é bonito, dá vontade de morrer igual. Irmã Divino falava que eu tinha a vocação das alturas. Acertou, ultimamente o que mais tenho é vertigens.

Madalena veio me ver, está muito desanimada com o casamento da Ildinha, que só quer comer em pizzaria, tem muita preguiça de cozinha e acha a coisa mais complicada do mundo picar uma couve. Muito diferente do Jair, pra quem festa é comer uma galinha caipira que a própria esposa da gente preparou. Esposa matando galinha, só mesmo na boca do Jair. Madalena me distraiu, conta casos como papai e tio Manoel. Falou que não está preocupada comigo, que já sarei.

"Vem comigo do Líbano, ó esposa, adentremo-nos." Que saudade do Teo. Vem comigo, ó esposo. Quando o assunto é homem e mulher, até a Bíblia entrega os pontos. Adentremo-nos.

Tio Manoel teve prolapso do reto: 'Vi o cu da cotia assobiar. Atrás de uma bananeira passei medo das galinhas me bicarem. Falei com o Aristeu depois. Como é que pode, um homem que já comprou jipe, pôs luz na chácara, ainda não fez uma privada?' Pedi a Tetê pra me benzer, mas, sem coragem, não contei o motivo. Ia valer mais, parece, se tivesse contado. Sarasse agora com a benzeção da Tetê e não precisava contar mais nada ao doutor. A Edwiges falou que o Volpiano foi muito feliz na operação e que ela hoje vai descansar: estou paupérrima, três noites sem dormir. Vou perguntar ao doutor se concorda que todo problema nasce de uma solução, gerando novo problema e assim por diante o mundo desdobra-se. Alguém completamente apaziguado com sua analidade, ou é uma maravilha ou um tédio enorme. Me interessam o corpo do Thomaz, do Teo, de Jesus.

Não entendo mais o que anotei pra discutir com o doutor: a parte objetiva do ser de Deus é a consciência — que está em nós. Era mais ou menos assim, desentendi. Certamente não foi uma iluminação, só um fogo-fátuo, um equívoco. Gema fez uma coisa engraçada, gastou todo o dinheiro da bolsa, que não era pouquinho, comprando bilhetes do sorteio de uma casa: estou mesmo é na mão de Deus, não posso aumentar pro senhorio, não tenho pra onde ir, ó Deus, o Senhor sabe de tudo, toma conta de mim! Ganhou a casa. Vou fazer o mesmo, preciso fazer o mesmo, entregar-me, eu que já tenho casa. Não posso esgotar-me em ficar desenhando sem parar dois círculos que divido ao meio, escrevendo numa metade consciência e na outra inconsciência, o primeiro círculo sendo Deus e o segundo o homem feito à Sua imagem e semelhança. Desenho imitando Clara que utilizou uma vez este recurso pra me mostrar a inconsciência divina. Mas Clarinha continua saudável, eu sofro duro castigo. Mais quero entender, mais profunda se instala a sensação de orfandade, a responsabilidade grande de ajudar Deus a me achar, um poder enorme à minha disposição, que de jeito nenhum eu não quero. Por isso me agarro aos filhos como se fossem de colo? Verdade que fiquei órfã mocinha, não explica tudo, outras pessoas ficaram e são tranquilas. Às vezes, imagino, minha dificuldade pode ser porque tio Manoel — rapaz novo quando nasci — fez aquela brincadeira boba de me jogar pra cima e aparar, só pra me passar susto. Quem sabe? O Manoel toda a vida foi muito maldoso. Uma vez, ainda nem estava na escola, ele pegou uma abóbora grande, tirou o miolo todo, fez os buracos dos olhos, do nariz, da boca, acendeu uma vela dentro da cabaça, e deixou aquela caveira iluminada no cômodo escuro: Toninha, vai pegar meu boné pra mim no quartinho. Pode crer, esta sensação de agora, quando a boca seca e o coração dispara, eu conheço de muitos anos. Envinha chuva, estava segurando a cuia com u'a mão e a faca com a outra, foi lavar os peixes na bica, o raio matou na hora. A ponte não aguentou o peso, todos em cima pra tirar o retrato: atenção! E não tinha mais ponte nem ninguém, piquenique é perigoso, nadar é três vezes mais, com eletricidade não se brinca. Não gosto de subir em nada. Cisterna eu desço. Avião é muito horroroso, apesar de que, Thomaz explicou, não é no vácuo que anda, o ar é a estrada dele, ar é muito resistente, com o carro andando, põe a mão pra fora da janela que você percebe. É mesmo, nunca tinha pensado. Tio Manoel deve ter me jogado pra cima pra me ver gritar, vi ele fazer isto depois com os filhos dele. Antes de um ano de luto o pai casou outra vez, dei graças a Deus. Não aguentava mais sacudir a Cassinha e a Madalena para ficarem acordadas comigo, preferia a sede que buscar água na talha, medo da mãe aparecer pra mim. Perigosíssimo o mundo. E triste, por causa dos batuques na rua sem luz. Dançavam sem melodia, só com o tambor percutindo e os pandeiros, a mãe e o pai abrindo só um pouquinho a janela pra ver a briga, o soldado com a lanterna caçando os valentões, meu coração aos pulos, hoje sai morte, o pai falava. Mãe de Deus, Maria Santíssima, a que horas o sol vai nascer e o mundo entrar no eixo de novo? Quando a mãe do Marcílio adoeceu, ele levou ela pra Santa Casa, de carroça. Passou na nossa porta com a velha aos solavancos, o pai quase chorando: como é que um homem que tem um armazém sortido feito o Marcílio põe a mãe numa carroça? Eu mastigava as amargas até que Letícia me chamasse pra brincar, até que um pensamento me socorresse: ela é velhinha, vai morrer e vai direto pro céu, o Marcílio vai se confessar, vai pro céu também, porque Deus é bom pai. Tão bonito o mundo e tão triste. Cornélio está caído na poça d'água, bem no dia de Natal, maldizendo a filha; Bené, inchado de tanto beber; João do Baixo suicidando-se com a faca de sapateiro. Santinha, de tanto que aperta, vai acabar decepando a cintura. Vai no cinema, Santinha? Vou. Vai sozinha? Não é da sua conta. Nem te ligo, farinha de trigo, ô boba! Envém o Cordão da Dorce com a Dirce de porta-bandeira, os batuques de novo, me dão vergonha e tristeza. Até na Folia de Reis, aumentados de sanfona, instrumento feio, palavra feia também. Manoel imita o tocador de sanfona e os batuqueiros pra gente rir. Desconfio, ele é igualzinho a mim, fazia aquilo pra se safar da angústia daqueles ritmos. Minha infância foi triste? Alegre era ir à missa, alegre era todo o mundo junto em casa, a mãe não ter batedeiras, nem brigar com meu pai mas ficar olhando ele comer e acompanhando com os movimentos da boca o que ele estava dizendo. O cheiro do jardinzinho, o zumbido da varejeira rodeando o toucinho pendurado no portal da cozinha. Que linda a minha vida! Dava um filme com orçamento baratíssimo, um filme de arte. Bolo com três ovos? Quê que é isso? Um só e faz o mesmo efeito. Envém o frio. A flor de lobeira é azul, a de gervão também, põe as duas no cordial pra parar de tossir. Sentia tanto frio quando eu era menina. Envém Pedro Lope, tem quiabo e jiló. É só isso que ele tem? Pois compra. Zeca Pena passou de novo, tontinho em cima da égua, um dia a casa cai, um dia a tasa tai, Cacau aprendendo a falar. Tive infância feliz, infância alegre. Não dá pra entender quase nada. Me lembro de todos os paletós serem curtos, ficavam de fora as canelas cinzentas. Um dia compro um mantô, um dia ainda forro este quarto, um dia a gente puxa um alpendre nesta casa e ela vai ficar 'da pontinha'.

Eu com tanta pressa, Odete me parou na rua, pegava na minha mão perguntando se fazia ainda aquelas coisas lindas de antigamente. Estou dando um descanso, respondi sem saber do que falava. É? É? Precisa de descanso também, coitada, tem complexo também? Como que eu faço com meu complexo, hein, Antônia Felícia? Eu acho, tudo de ruim que acontece a culpada sou eu. Notícia ruim do lugar mais longe do mundo eu sou culpada. O doutor só dá comprimido e fala comigo que a culpa é do presidente, do prefeito, do governador, será? Não tou melhorando nada, é bobagem achar que a culpada sou eu, não é? Mas não sai da minha cabeça, quê que eu faço, Antônia Felícia? Eu posso ir na sua casa falar umas coisas que não falei nem pro doutor? Fiquei assim depois que meu irmão foi pros Estados Unidos e eu bati a cara, desmaiei e vi umas luzes. Pernas maravilhosas as da Odete e seu cabelo ruivo, uma festa que seus olhos errosos e seus braços náufragos não podem aproveitar. A língua destes doentes fala destacada do corpo, estranha a ele, uma língua ancestral, língua de culpa e medo, a humanidade eterna como Deus, eu sei.

Acho que melhoro. A banda passou por mim, continuei andando sem mudar o ritmo. Não me misturo mais com as coisas. Eu sou eu, a banda é a banda. Em menina, passando por mim banda ou congado, parava ou mudava o passo, imensa vergonha de caminhar no ritmo do tambor. Por quê? Sei mas não falo, talvez nem fale ao doutor. Certas coisas só se falam pra Deus, só Ele pode dilacerar nossa carne a tais limites, Ele que a fez e lhe conhece as dobras. Eu disse eu sou eu e a banda é a banda, eu sou eu e Deus é Deus, correto? Nem tanto. Porém, nem tão pouco. Bastante bom.

Estou muito impaciente, até com Gema, o que acontece pela primeira vez. Não suporto que Thomaz indague, em vez de perguntar, e ponha combustível, em vez de pôr gasolina. Fico distante quando fala assim. Piorei porque lhe ofereci um biscoito que ele tá cansado de comer e ele perguntou que é isso? É mania do povo dele, a Alicinha, o Valter, a Gleides, todos perguntam que é isso, que é isso. Qual será a mania do Teo? É claro que ele tem mania. No único dia em que pudemos conversar ele disse: fosse o caso, seria mais fácil eu me adaptar a você que você a mim. O Teo na intimidade deve ser de lascar. Por que só agora vejo tais coisas no Thomaz? Meu pai falava indagar, estranhava mas achava correto, pai é ancestral, Thomaz não, é meu igual, tem é de perguntar e pôr gasolina e pare por aí. Se disser encher o tanque também não vou gostar, é fala de filho, de jovem, que não deve se misturar com a nossa. Estou mesmo insuportável, vai ficando difícil, difícil, difícil até que à beira de uma blasfêmia estrague uma coisa de que Thomaz goste muito. Interessante que nossa casa, com tudo dentro, menos as pessoas, é claro, fosse destruída — ó meu Deus, estou dizendo isto só pra treinar a coragem —, ficasse limpo o lugar onde está agora e tivéssemos que começar tudo de novo, vivendo da aposentadoria, com bastante dificuldade, regrando viagem, sem telefone, sem rádio, só o fogão, a cama e a mesinha com meia dúzia de cadeiras, oh, descrevi a minha casa de menina, minha linda casinha, nós todos juntos atraídos por um centro vivo de poderosa mandala: "Abençoai-nos, Senhor, e a este alimento que Vossa liberalidade nos concede." Escrevi com letra bem boa e minha mãe pregou com grude na porta até todo mundo decorar: "Que ele nos sustente em Vosso santo serviço, dai o pão a quem não tem. Amém." Mãe, será que a senhora nunca não vai esquecer o jeito que a senhora fez este frango com batata? Abençoai, Senhor, este alimentozão, o pai falou esse dia.

Thomaz foi dar volta sozinho, não fui junto porque estou querendo chorar, muito enjoada. Mais certo dizer muito enjoante. Diz ele que não me cuido. Será orgulho não ler livro sobre menopausa, nem fazer exame ginecológico? Dá zumbido no ouvido em gente jovem? E tonturas? Acho, de modo sutil e demoníaco, estou me recusando a envelhecer, enganando a todos, despistando, sinto vergonha de existir meio velha. Falo para que o Senhor me perdoe e tenha compaixão de mim. Ir ao médico, cabelo nem muito curto nem muito comprido, deter a osteoporose. Você escolhe, minha filha, Gema falou, ou ginecologista ou psicólogo. Gema é humilde, vai aos dois, cuida das unhas, dos cabelos, faz caminhadas. Eu também quero ser humilde, mas se possível sem cortar os cabelos. Ai, pareço crente da Assembleia de Deus.

Hoje fui à casa do meu pai e fiquei lá muito tempo conversando com a Dina no alpendre, no mesmo lugar de onde saí faz tantos anos. As casas em frente à nossa ficaram mais feias no seu esforço de modernidade. Todas têm basculantes estreitos e janelas de vidro. Totonho fez uma construção apavorante de dois andares, numa nesga do quintal. De onde estamos parece triangular. Dina falou que a escadinha na porta da rua sai no quarto, as janelas estreitas põem a casa caolha. Tem criança lá? Tem e a Edmeia tá esperando mais um. Pensei na Edmeia dormindo com o Vanderlei naquela masmorra. Via a torre da fábrica, a gaiola com o canarinho, o muro, montões de terra e a roseira velha com cinco rosas vermelhas, uma roseira exausta contra a parede manchada. Falaram que ia cair, o sobradinho tá em pé até hoje. E a Maria Vicência? Morreu, morreu também o Titino, o Gentil. Mandei cortar a mangueira, Dina falou, as mangas começaram a dar muito enfezadinhas. A mangueira junto da cerca de onde passei a caneca pro sujeito bonito que ficava medindo lugar da futura estrada de ferro. Se fizer uma estaçãozinha no entroncamento, vai ficar de colher pra nós, ponho um boteco pra vender pastel. A nova estrada nos deixava no bico de um triângulo fechado por duas linhas de ferro, 'um lugar ótimo, é trem de baixo, é trem de cima e você, Primora, vendendo pastel um atrás do outro'. Me dava vergonha a brincadeira do meu pai, estava enamorada do engenheiro a quem levei água na cerca, mas depois se casou em Coronas com a Ângela Guerra, herdeira da linha de ônibus para Belo Horizonte. Ele deve ter rido da menina boba que lhe deu água com o coração aos pulos, o engenheiro bonito. Me quero de novo como naquele dia e quanto a isto não há como demover-me, eu quero. Quer vai querendo, pega o pé e vai roendo, é Gema rindo da minha incompetência em ter cinquenta anos. Nunca esconder minha idade pode ser puro orgulho.

Parece que não vou sentir mais a coisa ruim. Tem um passarinho piando, outro ruflando as asas, olho as coisas e as coisas me olham, nada se desagrega, tudo perdura, o que é, é fonte de perene alegria. Assim vivia antes de — adoecer é a palavra. Dina falava assim: quando casar, seu marido vai comer o quê? Chamava de preguiça minha imobilidade no alpendrinho, na horta, no galinheiro, tentando hipnotizar as galinhas. Quieta, escavava em delícias, construía a rosa de ouro, a casa sobre a rocha. Mostrava na escola a prole do meu afã, 'aos frutos abortados na avalancha do vento, rapidíssimo tédio...'. Não sentia tédio, mas era tão bonita a palavra! Segurava o crepúsculo, a tarde tristonha e o vento que derrubava os abacatezinhos, segurava tudo no meu caderno, dava-lhes vida, sob minha palavra brilhavam em *lux perpetua*. Ó Deus, fostes benigno em me ocultar Vossa face por entre os véus da tarde, puro amor fostes para mim em revelá-la por entre as cambiantes luzes. As belíssimas tristezas retornam.

Rebeca viajou hoje e só rezei a ave-maria, a estrela-do-céu e as palavras que falo para Nossa Senhora protegê-la e encher meu coração de paz e confiança quanto à proteção implorada. Não vou fazer como quando o André viajou e fiquei o mês inteiro rezando de braços erguidos. Tinha medo de abaixá-los e Deus pegar o André. Loucos têm muito medo, o Vara por exemplo, por isso são perigosos. Eu sou só uma pessoa de difícil acesso, é diferente. Vou pedir dispensa do Centro de Assistência. Vou fazer como o Vara, que só vai em igreja.

Fiz hoje coisa bem corajosa, troquei o Corpo do Senhor por um prato de comida. Queria o sacramento e estava cansada, com fome e desanimada de andar, tudo junto. Janto na volta, decidi. Já no portão achei que ia só pra fazer bonito pra Deus. Mostrar a Ele a delicadeza do meu jejum (janto na volta), meu espírito de sacrifício (vou mesmo cansada) e meu empenho em escolher a melhor parte. Fazer coisas pra Deus é me pôr fora d'Ele, pensei, ou estou n'Ele ou nem sou. Portanto era impossível fazer bonito pra Deus. Sair daquele jeito pra igreja, doida pra comer e deitar, era o mesmo que ir todo ano no aniversário do Flávio Maurício, senão ele podia pensar etc. etc. etc. Ora, Deus não é o Flávio Maurício, comer Seu corpo e sangue uma só única vez me salva. Hoje meu corpo pedia o prato que Thomaz jantava com tanto gosto. Por que eu fazia aquele teatro todo? Quando inventei de ir no Serrinho tratar meu dente, não tive coragem de contar pro Thomaz que o doutor hipnotizava. Hora nenhuma perguntou a razão de eu escolher um dentista tão longe dos nossos meridianos, me levou paciente e delicado. Pois Deus que faz Thomaz me amar não me punirá porque hoje terei carinho comigo e me darei comida e descanso, deixando a comunhão pra amanhã. Foi assim que pensei e fiz, deixei a missa e fui jantar. Certamente a palavra de Deus me oprime. Que coragem eu tive! Estarei sarando mesmo? Nisto os protestantes têm vantagem, no livre exame da Palavra. Roma sou eu.

Muito importante o que fiz. Ficar em casa segundo meu desejo me criou intimidade com Jesus, a Deus a gente não agrada, a gente ama. E olha, pra descobrir isto foi preciso primeiro ter compaixão de mim.

Por compaixão de mim devo também aceitar o produto pra amansar o cabelo. Se o produto for bom mesmo, é de Deus que vem, tal qual o cabelo naturalmente macio, a diferença é que este vem em linha direta. Assim, vou acabar tendo de aceitar a plástica? Por ora não quero me aprofundar neste assunto muito parecido com aquele antigo de continência periódica contra pílula anticoncepcional, a pílula sendo a antinatureza. E desejo não contava? Ô raiva que eu tive da *Humanae vitae*, o papa marcando os dias pra eu dormir com Thomaz. Tem hora que a moral prática da Igreja me cheira a mulher com joias e pescoço encardido.

Parecem as supinas questões levantadas pelo Santico, 'não tem jeito com a Josina pra fazer um angu do meu gosto, ela põe fubá o angu encaroça, ela põe água o angu desanda'. "O rico epulão viu o paraíso aberto..." Gosto desta linguagem, "rico epulão", "novilhas de Basã que viveis na montanha de Samaria, que oprimis os fracos e maltratais os pobres, sereis lançadas para o Hermom". O oráculo do Senhor contra as mulheres ricas. Eu quero ganhar na loteria mas não quero oprimir ninguém. Pra mim quero só um colar de pérolas verdadeiras, penso na friagem delas no meu pescoço, me faz bem. Amarilis tem um, mas é de pérolas de granja. Já sei que não é pecado eu querer, mulher mais velha fica linda com pérolas verdadeiras, é como uma ação de graças. Hoje estou paupérrima, com uma vergonha ancestral, mas aceito escrever-Vos. Sei que me usais, quereis mostrar-Vos permanecendo oculto, aceito o bem que me fazeis, como o colar de pérolas. Há dentes meus invictos, sou inocente e culpada, me chamo homem. Me incomodavam os pentes, pegavam pluma e óleo dos cabelos untados. Limpava eles com palha, gostava do serviço de limpar os pentes com palha, limpava até ter coragem de encostar a língua neles. Thomaz teve um sonho espantoso: pensa uma coisa de que você tem muito nojo, mas muito nojo mesmo. Pensou? Pois é, tinha um prato cheio dessa coisa viva, me repugnava também, mas tinha a compulsão de comer ela. Espetava o garfo naquilo mexendo e sangrando e era a conta de eu pôr na boca e a coisa se transformava na comida mais deliciosa que jamais comi em minha vida. E foram se repetindo, nojo, compulsão de comer e delícia, não uma delícia qualquer... Thomaz esforçava-se por explicar o inefável gosto daquela comida. Eu não comi nada naquele dia, só café bem quente com pão. Não sei se dava conta de sonhar este sonho tão importante. Uma vez Manoel falou assim comigo: fala a palavra caminho sem parar, caminhocaminhocaminho, sabe o que você falou? Faz tempo não vejo uma delas sequer e deve ser porque da última vez que elas me fizeram vomitar a alma eu tomei a decisão de nunca mais deixar nenhuma esturricar no sol, nem ficar sofrendo, fiz um sulco no chão, peguei elas com a pá, com cuidado, pus lá e tampei com terra. Foi um sossego, parei de ver elas por toda parte. Só falo o nome por necessidade, por que será? Amarilis nem se importa, Gema também não. Especificamente neste particular não peço a cura, é muito infantil, me livra do medo de chuva, me livra do nojo de... me arranja um emprego pro meu primo. Descobri, só se deve pedir pra si e pro outro uma única coisa, o Espírito Santo. Deus querendo nos dar o Santificador, o Consolador, o Curador em pessoa e nós nos contentando com os primeiros socorros, serviço de ambulatório. "Quando vier o Paráclito..." "Que devemos pedir?" Tão medrosos quanto eu e Amarilis os discípulos perguntaram e Ele respondeu: pedi o Espírito Santo. Ó Jesus, que alegria, e já não começa a derramar-se sobre nós o Vosso Espírito? Gema, há três dias pelejando com sérias dificuldades, me ensina: o sim de Maria foi querer o Salvador, deixar Ele nascer dela. Então concluo que o meu sim é deixar o Salvador me salvar, pois que sou o pecador para o qual Ele nasce. Assim, sou capaz de, sem recorrer aos préstimos do doutor e sem segurar como um náufrago a mão de Thomaz, dizer Pai, seja feita a Vossa Santíssima Vontade, que é apenas salvar-me, esta vontade obscura e terrível, a mim e aos meus. Gema aprendeu sofrendo. Vou contar pra Amarilis, o medo que sentimos, parecendo ser de chuva e de morte, é medo d'Ele, grande pedra em nosso caminho. Devemos tratá-lo como às que misericordiosamente enterrei, com temor e tremor primeiro, na paciência. O amor se anuncia, por obra do Paráclito, da que é cheia de graça. A Virgem Poderosa é nossa mãe.

Um retrato meu com Thomaz tomando banho de mar. Tem jeito de fazer um pôster? ele disse. Nego o que em mim quer chorar sem gratidão, castigo a pontapés a carpideira hipócrita. Vou providenciar o pôster. Como Thomaz é humilde, ele quer um pôster. Eu também o aceito. Abnego-me.

Rebeca está insuportável, Clara meio tristinha, prefiro ambas insuportáveis. Mexi na gaveta da Bequinha, mas isto é só a desculpa para a insolência dela. Nenhuma foi comigo à exposição da Osmarina. Por que seu Tomássimo não veio? Ah, porque ele hoje tá paupérrimo, Osmarina. Ele trabalha muito, né? Coitado. Bem tive vontade de responder pra Osmarina que Thomaz estava paupérrimo mas ainda não tenho coragem de brincar com sua ignorância. Virou artista por culpa do Flávio Maurício, das galhadas secas que ele viu na casa dela, espetadas de casca de ovos e ninho de joão-de-barro. Pôs na coluna dele que Coronas ignorava uma grande criadora. A Osmarina contou arfando, encalorada, chateada com as obrigações que o Flávio lhe arranjou, um verdadeiro desassossego, ela disse, de retrato, entrevista, até viagem em Belo Horizonte. Manoel está se divertindo, arremedando a Osmarina no *Correio de Coronas*: 'Levei-i as casa de joão-de-barro pra casa e ideiei-i de pintar elas dessa cor.' Me pegou no braço quando ia saindo escondida: 'Dona Antônia, pertence a senhora esperar mais um minutinho pra sair no retrato comigo? Porque eu não tenho suficiência de tirar retrato sozinha. Está contido?' Onde a Osmarina é artista o Flávio Maurício não enxerga.

Tanta saudade do Teo. Tudo já faz cem anos. Não pude contar às meninas sobre a exposição da Osmarina, ainda estavam as duas emburradas. Gema fala sempre: 'é tão pesado ter razão', ai, é mesmo, que chatice é ter razão, sobretudo porque, quando a temos, temos apenas razões. Quando éramos meninos, Alberto brincava de 'tem razão', não lembro mais o jogo, era engraçado e logo punha em ridículo o inocente que aceitasse o brinquedo. Flávio Maurício publicou tal qual as respostas da Osmarina, para ficar *autêntico* na entrevista, onde ela falava do palhol da casa dela e da tramolha que sofreu da falecida Clotilde pra tomar o Batata da Edwiges — irmã dela, imagine! — quando já eram quase noivos. E foi pouco, porque a Osmarina ainda lava pratos na pilha e nunca perde o respeito por seu palho. Mas a graça da situação se esfuma, Thomaz demora a chegar, não tenho com quem rir da entrevista. Nem raiva posso ter, mesmo porque, apesar da boa nota do meu diploma, nunca atinei que palhol vem de palha. Tá certo. Como não se percebe? Tudo bem, mas se Thomaz falasse iorgute como o Genival, não sei se dava conta de dormir com ele não. Sabe por quê? Porque tudo é palavras, inclusive a própria. Então trate de falar direito. Cuidado, começa a ficar confuso e desconfortável, também falei até me casar uma palavra errado. Thomaz não me largou por isso. O Metz, protético, perdeu a chance comigo quando veio pra Coronas, porque me propôs de começo uma relação amigal, uma broca no meu ouvido. A bem da verdade não foi o único motivo, preferi o Carpa, porque usava óculos e banho diário todo dia — como a Edwiges gosta de tomar. Tinha complexos, o Carpa, eu era professora e ele era só técnico. Quando falou a gente casa e vai pra Itutinga, achei o nome muito feio e acabei o namoro. Da minha cidade só gosto do nome, quanto ao resto não me sinto sua filha, a não ser em espaços bem delimitados que desejaria transportar a outros pagos. Não gosto de Coronas, sou estrangeira em Coronas, ando em suas ruas como num gueto, como um refugiado. Isto não contei ao doutor. Não gosto de cidade nova, é como a exposição do Flávio Maurício, tão performática. Nasci na Fortaleza de Massada, meu povo perseguido pelas hostes romanas, passei minha juventude com os essênios. Tribos e trevas. A Idade Média está bom. Meu pai é mero alquimista. Minha mãe eu não sei quem é.

Quem sabe me mudo de Coronas? Gosto de Torres, a cidade de Gema. Lá não se pode abarcar a grossura das paredes das igrejas. Não falei ao doutor sobre as cidades, me perturbam todas elas, tão tristes algumas, se pensar muito nelas descubro a forma invisível? As cidades todas trabalham por serem Jerusalém, é isto. Uma nostalgia de fundação circula em todas, à procura da pedra que a faina do dia e os sonhos procuram pra repousar. Só nos sonhos Coronas me descansa, só nos sonhos ganha perigo a rua dos Santos Frades. Me admira que nasci aqui. Por que o Teo gosta de Coronas? Certamente a vê como só a vejo em sonhos. Fico querendo consertar a cidade por causa do Teo. Thomaz também gosta, Gema, Amarilis, só eu não, que amo as cidades, nesta moro, nesta não, esta sim, esta não, vê-las, o melhor das viagens. Estamos quase chegando a Coronas? Não importa. Quero a minha casa em Coronas, não toda a casa, o quarto, o canto da cama, o encontro das paredes na salinha pequena, eis-me aqui, ó Senhor! A cidade é mãe na ordem das coisas? O doutor certamente ajudaria. Quais as relações da senhora com sua mãe? Ela morreu comigo muito pequena, doutor, se nos víssemos agora haveria cerimônias. O senhor quer dizer que o meu desconforto com a cidade... São hipóteses, dona Antônia, mas me agrada o que disse sobre as cidades pretenderem a Jerusalém. O doutor pode ter querido me agradar, me cevar, ganhar tempo, mas pode ser também que concordou. Fico imaginando esta consulta, mas é capaz de eu não precisar de procurá-lo mais não.

A Edwiges voltou do Angu Duro, disse que foi bobagem do Volpiano mexer com chácara, ele entende mesmo é de negociar, reabriu no mesmo local e eu não deixasse de prestigiar a mercearia deles não. Não pudemos conversar muito porque a Cininha apareceu e pulverizou os assuntos. Cortou uma coisa que a Maria ia dizendo e me interessava muito, porque viu a Margarida passando no rumo da cidade. Cininha fica muito excitada com tudo que a Margarida faz, insinuou que ela e o Joaquim... 'sei não'. A Odete queixou pra ela que o Joaquim levava o estojo de injeção já fervido pra todo o mundo, mas quando ia aplicar na Margarida deixava pra ferver na casa dela. Que caso mais velho, do tempo em que nem tinha agulha descartável. Pra Odete ter coragem de se queixar pra Cininha, devia estar muito aflita mesmo. Quem dera o Joaquim aplicasse de fato uma injeção na Margarida. Ia lhe fazer muito bem um pecado concreto. Pessoas como o Joaquim, que 'nunca traíram a Odete', têm que pecar pra fora, pra entender que ele e a Margarida são farinha do mesmo saco. Abandonou os filhos, dá confiança pra todo tipo de homem, Margarida é uma puta. Só depende da misericórdia de Deus e sabe disto. Joaquim também, mas ainda não sabe. Esta ideia só posso dividir com Gema. Amarilis pode se escandalizar e deixar de rezar comigo, o que não quero que aconteça de jeito nenhum.

Antes que me azede, falo e chuto a coisa manhosa, senti inveja da moça com o marido dela. Incomodou-me a beleza, a juventude dos dois, tão ignorantes e perversos. A moça percebeu e a toda hora oferecia o perfil pra eu me fartar. O homem, não, bobinho como todo homem que não descobriu ainda sua parte feminina, um homem ainda não perigoso. Seria mesmo inveja? Queria louvar a Deus pela beleza deles, mas dividia-me querendo ser a moça. Fiquei meio melancólica, vendo a mim e a Thomaz naquela idade. Doía. Dói. Da outra inveja falo também, inveja das pessoas famosas que fizeram livros. É uma inveja muito passageira e esquisita, porque tenho inveja não dos verdadeiros, mas dos maus. Os verdadeiros me confirmam no que faço de melhor e pior nos meus três cadernos, ah, mas uma língua talvez precise de escritores apenas talentosos, bons alfaiates. Há quem se vista só sob medida. Talvez seja raiva o que chamo de inveja. A troca não melhora nada em nada. Se posso escolher, escolho esta coisa gigantesca e desproporcional às minhas forças: quero ter no meu coração o mais genuíno amor por todas as pessoas.

Você está num lugar, tudo é um chão pardo. De repente algo se move, algo que antes confundia-se com o chão e é uma serpente. A unidade se quebra, o horror nos divide ao meio, ela, a serpente, 'estava lá' e não sabíamos. E como voltarei à paz se agora sei? A unidade de Deus é sua inconsciência? Nem ao menos sabe de Si como inconsciente? Alguma coisa Ele não é? É trindade, não por causa do catecismo, por causa do amor. Em círculo voaram os três urubus num entrevoo magnífico, o pai, o filho, o espírito santo, estávamos encantadas com aquele voo alto e perfeito. Amarilis nem falou: 'os urubus são a trindade em sentido simbólico', está se curando, como eu. Quando Gema puder, faremos boa trinca, dado que somos as três iguais e diferentes. Foi muito bom os urubus, nos tiraram da teologia. Amarilis começou a dançar, o voo em círculos acima de nós criava e sustentava o criado num indizível amor, tudo era igual a tudo.

Aparecem sinais de cura. Ontem Amarilis não recorreu ao 'em sentido simbólico'. Eu rezei por tudo e me esqueci de pedir pelos filhos, nem por isso achamos, ela, que blasfemava, e eu, que os meninos iam ser esquecidos de Deus. O amor habita no nada, como disse o místico esquisito, 'não pergunte por Deus e O encontrará'. Todos concordam, cristãos e não cristãos, em que "eu sou deve ser destruído. Algo dentro de mim entrará na terra sem tristeza, mas não eu, eu sou a tristeza". É só abandone-se, renuncie-se, entregue-se, abnegue-se. Passei mal esta madrugada, a leve desculpa de que André demorava a chegar cobriu mal meus verdadeiros motivos. Irritada com Madalena porque ela é muito teimosa, com o Marcorélio porque não consertou minha televisãozinha portátil, com o Thomaz porque somos casados, com os piados dos passarinhos, com estes santos folgados que me tiram qualquer gosto. Pensei em voltar ao doutor, mas as irritações têm durado pouco e agora vou lhe contar o quê? A não ser o sonho, que posso lhe mandar pelo correio e que eu mesma já interpretei. De madrugada quis cancelar minha viagem; já agora, com o sol no céu, acho que o ataque nas trevas foi do príncipe das próprias. Inclino-me a ver as dificuldades como tentações, ciúme do diabo pelos meus progressos. Mas não será esta uma verdadeira tentação, atribuir a ele uma comezinha necessidade de vitaminas? Por certo me acho muito importante, por seguro vou retomar o biotônico, a dificuldade sou eu. Deus me desse um pequeno êxtase, me ajudaria demais, ia tomar gosto por sair de mim, mas não se põem condições pra Deus, e não quero me esquecer das consolações que me dá: o voo dos urubus, o cheiro de rosas inundando a saleta quando terminamos o ofício, o anjo de nuvens ao redor da lua. Devemos perseverar, cuidar da vaca. Conscientemente Deus só faz o bem. Só faz milagre bom, como diz Amarilis. Lembrei-a da figueira amaldiçoada porque 'fora da estação' não tinha figos e da vara de porcos arcando com os espíritos imundos e se afogando no mar a mando do Senhor. É esquisito mesmo, ela disse, e abriu a Bíblia ao acaso: "Dison, Eser e Disã, tais são os chefes dos horreus, filhos de Seir na terra de Edom." Não sabíamos como aproveitar a citação, afinal só uma citação mesmo.

Um bom aviso pra nós duas usarmos a razão, que também é filha de Deus. Quanto às maldições ela disse não merecerem preocupação, porque Deus é amor. Pai não castiga filho? Quis objetar quanto à diferença entre castigo e maldição, mas fiz o exercício espiritual mais corajoso e consciente da minha vida: toma conta de mim, Senhor, incompreensível Deus, eu quero o que a minha alma quer, amar-Vos sobre todas as coisas. Amar.

Descubro um trenzinho andando no papel, cem vezes menor que um ponto-final. Ponho o lápis na frente, ele para, escolhe a esquerda e continua. Ponho de novo, para, escolhe a direita e segue. Experimento tocar nele com o lápis e ele voa. A coisiquita tinha asas e voou! "Curvai-vos." Curvo-me.

Fica quieta, senão a massinha cai no seu olho e vou ter de obturar sua pupila também. Gosto da doutora Talita. Mesmo sabendo que as graças que ela faz uma atrás da outra são pra me acalmar, ainda assim me acalma. O Clemente não tem humor. Se lhe pergunto uma bobagem qualquer sobre a história da odontologia, se sente na banca examinadora. Você já reparou, a doutora disse, que a Mona Lisa, as mulheres dos quadros famosos estão todas de boca cerrada? Céus! É mesmo! Livros e mais livros pra explicar o enigmático sorriso e a deusa tinha a boca igual à da Mariinha do Calixto? Abre a boca, ela disse, não tem Mona Lisa aqui não. Deus abençoe esta doutorazinha.

Clara está me dizendo que o neném da Mara Regina vai se chamar Luna Kler. Assim se esforçam os pais com esses nomes aeróbicos, querem anular no bebê sua analidade fatal, inaugurar dinastias onde o corpo não pregue peça a seu dono. Quando namorava a Cassinha, o Ledo tinha a mania de ir sentando no alpendre e pedir água. Cássia ia praticamente de fasto até a cozinha, pra ele não lhe reparar a bunda, ia dando marcha a ré. E vai ver, ele pedia água só pra ver as cadeiras da Cassinha se mexendo. Eu e minhas irmãs temos complexo de bunda grande, tínhamos, já nos casamos e temos mais o que fazer. Li na *Seleções* que Jesus foi crucificado nu, por que ninguém nunca falou deste acontecimento magnífico? Nenhum artista lembrou-se? Roupa de baixo com renda fina e bordados, luxo dos luxos, porque ninguém vê, é só pra honrar o corpo que Deus fez. Eu amo o corpo significa eu Vos amo Jesus meu.

Contei à Cassinha que lembrei dela buscando água pro Ledo, ela falou: eh, não ligo mais não. A gente sofria por cada bobagem. É mesmo. Gema mandou a analista dela tomar naquele lugar e foi um ooooooooooh no salão! Achei foi bom. Foi um ato muito falho da doutora, infeliz com a felicidade de Gema, com pena dela largar as sessões. Pra mim foi Gema quem lhe prestou inestimáveis serviços, contando-lhe sua linda vida. Não fossem os tiroteios, passava minhas férias na paisagem destas palavras: Estreito de Ormuz, Colinas de Golã, Faixa de Gaza. O Holocausto das

Sandálias Vermelhas por enquanto é só uma conjunção feliz de palavras.

Clara falou meio desapontada que ficou com dó de um cachorro mancando: será que tou ficando meiga? Toda colega meiga que eu tenho é boba demais. Fiquei calada, é deslumbrante ver uma alma expandir-se. O mistério vai se mostrar através do corpo, ela falou por último. Assustei-me, tinha acabado de pedir a Deus a redenção do meu corpo quando ela me chamou no telefone.

Às flores moribundas que o mais leve contato desintegra, a amargura deste minuto, rapidíssimo tédio, tudo o que não me vai fazer mais esta vez... Como eu era perua aos vinte anos! Até tédio sentia, de mentira também, como as peruas. 'Não me vai fazer', uma loura falsa se equilibrando nos saltos, matrona, eu era uma matrona. Para meu querido irmão Alberto, vai esta poesia com minhas orações. Sua irmã, Antônia. 'Parece que já ouvi isto em algum lugar, mas gostei muito. Alberto.' A primeira coisa é perdoar-me. Mudei muito, não mudei nada. A Maria Edwiges diria oportunamente: tudo é muito relativo. Aliás, digo eu, quando o forro da mesa está bem sujo, a gente vira ele pelo avesso ele parece limpo. A operação nos conforta, a limpeza sendo apenas o sentimento da limpeza. Tudo é pseudoacácia. Jaguara é cão ordinário, como está no dicionário? Dicionário é convenção, melhor, a gramática, um pouco. Um pau de cerca se chamar mourão, que também é sobrenome e é também um mouro grande. As poéticas escapam à confusão por serem inconvencionais. Se você for capaz de escrever como o sol batendo na pedra do anelzinho de vidro formou na parede onde a menina encostou a mão uma multidão de estrelinhas e de como a menina se esqueceu de si no só mirar aquelas constelações, você dá carne à alegria, sabe o que a palavra é, as poéticas. Em menina narrei seguidamente esta historinha a quem quisesse ouvir: o irmão dela é sonâmbulo, quando a mãe deu falta dele na cama, saiu a família inteira atrás, a Elza de camisola. Por que jamais me esqueci? Madrugada, a palavra sonâmbulo que encantou a todos, a família onde as pessoas usavam roupa de dormir. Era um filme, certamente neblinava, galos, moças de camisola, portanto lindamente vestidas. Meu pai gostou de escutar, minha mãe também, até espichou um pouco o assunto: acho que a mãe dessa Elza foi colega minha de escola. Coisas existiam revelando-se de súbito por sobre, abaixo, entre, de dentro de composições alheias ao meu esforço e geravam felicidade. Como foi mesmo? Conta mais. As poéticas.

Acabo de fazer ação corajosa. Acabo de pedir à Virgem Santíssima para a Clara telefonar. Corajosa, porque tenho experimentado abandonar-me e o pedido parece de alguém pouco confiante na providência divina. A preocupação não é grande, um mosquitinho zunindo a intervalos no meu ouvido. Tenho duas escolhas, abro mão de pedir a graça e passo o dia inteiro com este incômodo, ou peço e ela telefona e fico descansada. Uma mulher simples acenderia uma vela, mas não sou simples, quero sempre agir corretamente, o que parece sempre contrário ao meu desejo mais bobo. Me vem a ideia de que posso entregar-me tal qual estou, querendo que Clara telefone e querendo pedir que isto aconteça. Nenhum pedido abala a riqueza de Deus. Se tenho mesmo confiança não peço pra ela telefonar, se não a tenho não adianta ficar sem pedir a graça, aguentando o medo para 'provar confiança', como se fosse possível enganar Deus. Morta de fome não como pra provar que não tenho fome. Ah, cansaço. Virgem Maria, enxoto com o poder do Vosso nome o tentador. Não se põe Deus à prova. Seria maravilhoso Clara telefonar sem eu pedir. Meu amor preocupa-se com os filhos, meu amor pobrezinho que teme cair no amor que fez o mundo. Neste momento escolho a sabedoria, rezando por mim, por Clara, por todos os que no meu coração fazem o amor parecer uma coroa de espinhos. "À vossa proteção recorremos, Santa Mãe de Deus."

O telefone tocou, era alguém atrás da Bequinha, tranquila como Thomaz e André. Querer que Clara telefone é como o desejo que retalhei até destruí-lo, o desejo de comprar o anel. Quanto custa o anel? Ah! Não queria almoçar, nem ver o jornal, queria voltar na loja sem Thomaz perceber. Um desejo esquisito pelo anel sujo do turco, aquele e nenhum outro mais. Na primeira visita ele falou: eu limpo pra senhora.

Não, quero sujo assim mesmo. Vai levar agora? Quando me decidi não deu mais tempo. O ônibus sai daqui a pouco, falou Thomaz, não dá mais tempo de ir na cidade não. Queria lá o quê? Por que não pegou cedo quando passamos por lá? Quero o quê? Que Clara telefone. E por que não peço esta coisa tão simples que está no meu coração como o anel do turco na vitrine? Vou voltar e pedir: Mãe da Divina Graça, fazei com que Clara telefone, que enjoamento, que canseira. Que morrinha, Thomaz falou quando comecei a queixar-me no hotel de um vago mal-estar, chega dessas bobagens. "Quem age sem convicção peca." Então é fazer agora o que não me divide: Mãe de Deus, toma conta deste assunto, cura e protege a nós todos. Então é assim: Mãe de Deus, toma este picadinho que virou a minha vontade de Clara telefonar, a minha reza engasgada e sem paz, e transforma tudo em bênção para nós. Amém! Bênção significando vida e saúde no corpo e na alma. Ainda não está muito legal, Clara não me sai da cabeça. Vou rezar o pai-nosso.

Amarilis diz que, na confusão, a oração mais própria é o louvor, amiga dela de Engenheiro Vaz foi curada só com louvor, glórias e glórias sem parar, a oração mais poderosa. Eu nasci pedinte, o que rezo como respiro é mistereres. Os carismáticos são os mais felizes dentre os cristãos, só fazem louvar, pedem louvando, já agradecem antes mesmo do telefone tocar. Glória ao Senhor, glória ao Pai, ao Filho, ao Espírito Santo, glória, glória, porque Clara ainda não telefonou e estou viva no mundo querendo isto e o anel com uma granada incrustada em prata suja, glória porque algo embarga a alegria em mim com discursos ininteligíveis, porque tenho filhos que me dão cuidados, glória porque é impossível não ser ouvida, porque o Senhor não é um deus de barro e "eu sou para o meu amado o objeto dos seus desejos" e porque um asteroide pode se chocar com a Terra e levantar do mar ondas altíssimas causando espanto em nós todos, glória porque nasce em meu peito, no centro de mim, um fio como um regato fresco, a paz deste pensamento perfeito: nem que eu deseje cairei de Deus, vêm de Sua mão a maldição e a bênção, glória, posso escolher, escolho, quero a bênção, a vida, o dom da sabedoria, a graça de acreditar em Seu amor por mim, ainda que no deserto rodeada de feras, sem um auxílio que não a própria língua para gritar socorro, salva-me, Senhor, glória!

Mas sou muito fraca, Mãe de Deus, por amor de Jesus, faz a Clara telefonar pra mim. Glória! Faz, Mãe de Deus. Se ela tivesse telefone estaria do mesmo jeito, cheia de dedos para ligar e dizer: oi, tudo bem? O que disse sobre louvores e regatos nascendo no meu peito é coisa de loura falsa, experimentei fazer como Amarilis, mas ainda não dou conta. Sei é pedir, sou mais eu pedindo. Menos quando estou cantando, quando dou glórias parece bajulação, não vale, Deus não é chefe político, é meu Pai, paizinho, pai rico, *Abba*. Então, eu, tua filha, imploro: faz a Clara telefonar. Esta sou eu,

Antônia Travas Felícia. Laudes, por favor de Thomaz, a quem não falei ainda da minha peleja — e já é progresso bastante —, o que agradeço de coração, glória! Minha reza cansou e aborreceu minha alma. Saudade do Teo, de Thomaz, de Vós. De Vós, aceitai-me.

Bequinha me viu olhando seus desenhos: tenho medo de traçar como eu quero, mudo a direção da mão, só gosto deste aqui, disse com o lábio tremendo, deste que eu fiz sem mexer. Clara não quer ser meiga com medo de ficar boba, eu não sei pedir que o telefone toque, estamos as três inquietas. De que temos tanto medo? De esgotarmos a riqueza de Deus. Nossa importância é tal que todos morremos, o mais ínfimo morre, Deus não o esquece. Senhor, tem piedade de Clara, de Rebeca, de mim, mostra-nos Vosso amor, Vossos inesgotáveis tesouros, desamarra-nos. Tenho sono, não me deixe adormecer à beira do abismo, cair de novo no ventre da baleia. Antes que eu durma, atende-me, desvencilha-me da coleira de ferro, ó Pai, meu Pai Nosso, *Abba*, *Abba*, Pai.

Não vi quando adormeci. Hoje falei com Amarilis sobre minha dificuldade com a oração de louvor, ela ensinou: é bom ter calma, mas louve assim mesmo, sem gosto ou prazer, chama-se sacrifício do louvor. Dei conta de não puxar um arrazoado sobre a palavra sacrifício que ela usava no sentido de coisa dificultosa e eu entendia como prazerosa, 'sacrifício de louvor'. Sacrifício, uma palavra bonita, sacro ofício, pode ser de luto ou alegria, missa de réquiem, missa de ação de graças. Clarinha já telefonou? Não? Vamos redobrar nossa adoração, ela disse, Thomaz está certo, confortou-me, não há, matematicamente, nenhuma chance ou indício de que algo esteja errado. É tentação, ou trauma escondido, vamos redobrar as preces, insistiu, pra Deus arrebentar com suas más lembranças.

O Soledade, ou melhor, o Teo apareceu e com esta eu não contava: com a morte do sonho que ele me fez sonhar. Verdade que usou palito uma vez, mas hoje foi o desenho mesmo de sua cabeça, um modo de referir-se a compromissos e ter seu tempo tão distribuído que me desanimou, ele que escolheu a disponibilidade como regra de vida. Me chamou de Antônia, demorou-se pouco, antes que eu recolhesse os batimentos do coração despediu-se. Devo reorientar minha vida, como um capitão a seu barco em alto-mar depois de um redemoinho. Como quando não ganhei o reloginho que a Carmita sorteou, como quando me arrumei toda pro Altair me ver e ele passou com a Aldineia. 'Preciso ir, Antônia.' Pois vá, minha frustração é pequena, têm acontecido coisas, doutor Soledade, um outro senhor me convoca. É verdade que quando perguntou se podia passar em minha casa não fui pressurosa. Por motivos que não entendo respondi: daqui a meia hora. O doutor teria uma explicação para mim, eu tenho esta, estou uma pessoa diferente, apela-me um grande recolhimento, sinto mais coragem. Faz dois dias não rezo pela proteção dos filhos. Sinto que estão protegidos. Dou graças! Thomaz chegava quando o Teo se despedia. Você é tão engraçada, Felícia, falou me olhando de pertinho, enquanto eu fechava a porta.

Clara telefonou entre a saída de Amarilis e a chegada do Teo. Já estou em São Paulo, não deu pra telefonar antes, tudo bem aí? O mundo gira em seu eixo, viva a rotina de Deus que tem jugo suave e peso leve. Graças!

Continuaria amando um homem que jamais mudou o repartido do cabelo e parece trazê-lo assim desde o primeiro banho? Certamente encaminho-me à ascese, compreendo — com desconforto — que também o tenha desapontado. Pode vir daqui a meia hora foi o que lhe disse no telefone. Maria Edwiges estava na minha casa, queria furtar-me ao seu radar, é verdade, mas é pouco. Tinha meios de fazer o Teo me esperar na saleta, enquanto despachava a Maria. Por que fiz aquilo, meu Deus? Por quê? Quando fez um ano que ele me beijou, refiz por três vezes, de manhã, de tarde e de noite, o caminho daquele dia, como um ourives trabalhando sua joia, assim e assim e assim e assim de novo e assim. Quando cheguei do último périplo, Thomaz me abriu a porta comendo umas frutinhas parecendo pitangas. Thomaz não reparte o cabelo, sabe ficar à toa. Deus é amor tem tão alta frequência que não se percebe. Só a alma escuta, só a alma depois dos desenganos. Sou uma pessoa perfeita, sofri um desengano de amor. Estou pronta a amar a Deus sobre todas as coisas, com todas as minhas forças, com todo o meu entendimento, como faço nas poéticas. Thomaz terá enorme lucro, o Teo também, que na misericórdia resgatarei. Todos os místicos parecem à primeira vista orgulhosos, olímpicos em suas ermidas. Servem ao amor exigente. Obrigada que sou a atender à porta sinto aqui também um pequeno desaponto. De que estou excluída? O que se faz quando se tem um desengano? Qualquer amor será pequeno agora e nenhum amor bastante e quero amar. Entendo Gema, agora, quando se negou à única proposta que queria ouvir do Gold's Hair. Gosto mais de Deus do que dele, ela explicou. Gema se descobriu amando-se e isto lhe era mais deleitoso que dormir com o Gold's. E o que descubro também? A posse de mim? O diamante incorruptível no centro do peito, a beleza de uma imagem tremida sob as águas, uma face formando-se, formando-se, precisando que eu a contemple para que exista, promessa de esponsais. Serviu-me o Teo como um cavalo, assim Thomaz, assim eu para os dois, uma boa égua. Como não nos amarmos? Prestamo-nos bons serviços. Agora é jejum rigoroso, o indestrutível anuncia-se. O verdadeiro amor.

Perdoo tudo. Estou pronta para a comédia.

Nem bem o sol se pôs e não estou mais certa, parece que alguém me deve uma conta, pequena, mas sobre a qual devemos conversar para que nos encaremos sem ressentimentos. Quero ponto-final mas só consigo dois-pontos. Devo perdoar-me o ser tão adversativa. Gema dormiu com o meliante do Reginaldo e ficou inteira, recusou-se ao Gold's — amor de sua vida — e continuou inteira. Gema é como nossa Igreja, santa e pecadora. Quanto a mim, só um beijo e muitas poéticas depois, encontro-me não sendo, obrigada a abrir mão do que não tive, para dar um desenho à minha vida. Uma ira, uma enorme ira, uma conhecida e antiga ira, que supunha extinta, dá sinais de retorno. Contra Thomaz, Carla Soraia, que começo a achar muito confiada para uma doméstica, os ginecologistas, as promoções ruidosas dos colegiais. Uma humilhação indefinível, corrosiva, insinua-se por debaixo da porta, prometendo inundar minha vida, começando pelos meus pés. Falei com tanta empáfia sobre o Joaquim, exibi-me como um livro canônico para Madalena assustada, criticando a virtude dele que percebo ser a minha própria, raquítica, morna, pusilânime, transmitida no sangue: avance até onde der pé, use salva-vidas, leve boias, remadores experientes, caixa de primeiros socorros. Ó Senhor, ia tudo tão bem entre nós, por que isto agora? Não dá para envelhecer em paz? Amarilis me diz delicadamente: já existe um processo de tirar as pintas das mãos. Devo-lhe explicações, embaraço-me nelas como deputados corruptos respondendo a inquéritos. Expostos, parecem escusos meus motivos, disfarces de um ego monstruoso e astuto. Por amor à beleza eu a recuso. Ó meu Deus, tem piedade de mim.

O Soledade, inventei-lhe nomes com raiz grega e latina, fundei-lhe uma dinastia, dei-lhe cavalos, servos e rebanhos, brasão pra eternizar seu perfil, cega de adoração. Rebeca desenha com vigor e alegria nunca experimentados, mostra o mesmo sorriso da fotografia de seus três anos. Serei uma boa avó? Tenho muitas saudades das teologias de Clara. O único autor maior que sua obra é Deus, esta ela não vai entender, pensei. Respondeu de pronto: por isso Ele quer repegar a gente de volta, pra não ficar vendo coisa feia na frente d'Ele. Repegar de volta não, reabsorver-nos. Não quero falar direito agora não, ela disse. Estamos entardecendo, o dia e eu? Amanheço mais velha sem meu consentimento? Tenho medo de dor física, muito medo da morte. Thomaz me fala do que lê no jornal sobre somatizações, tem visível desejo de ajudar-me. Quero chorar, talvez o faça com Gema, depois de um mês voltando pra Coronas. De passagem falou em 'como é duro aguentar um fim melancólico'. Ela também? Desistiu do Gold's para sempre? Teríamos no fundo vocação de monjas. Gema leu as cartas de soror Mariana, quer que eu leia também. Desejo grandes rigores, as cartas de Paulo, a sabedoria dos padres do deserto, uma cela, uma célula, um silêncio.

Teria sido pior se o Teo, em vez do palito, tivesse olhado no relógio? Na ocasião contei à Gema, por alto, ela respondeu realista: você quer namorar Deus ou gente de carne e osso? Nem ligo se o Gold's usar palito. E olhar no relógio?

Bem, relógio é mais sério, disse. Assim me consolou. Lembrando, porém, que ninguém é perfeito. Só uma vez na vida vi Thomaz cuspir, levei tanto susto que perdoei. Acho relógio pior que palito, pior que tomar água junto com a comida. Thomaz está me perguntando se estou bem. Já ficou de noite, ele quer ir comigo ou no cinema ou tomar chope no Canibal, diz ainda que não precisa ser hoje, gostou demais de 'como a neurologia vê os distúrbios mentais', que eu devo ler também. Está tomando banho, a vida não parou nem um segundo. Oh, mistério, abro-me à vida, um homem é um homem. Quero o autor da vida, o fabricante do homem.

A vida prosseguir é engraçado e triste, é humano, dramático apenas, querer mais é orgulho. Há saídas. Poéticas, julguei fazê-las pro Teo, mentira, compreendo agora, eu as fiz para mim e continuarei fazendo. Amo mais a Deus do que ao Gold's, disse a ardente e corajosa Gema. E o Teo não tem mesmo muita imaginação. Mentira, só percebeu que comigo não ia a lugar nenhum, é. Devem tê-lo cansado meus arroubos púberes. Se aparecesse agora eu ia ser bem formal, mas é isso mesmo que me chateia, esta ausência de ódio. O que porei no lugar do amor? Nem houve um drama, foi comédia romântica. Calma, não posso tratar-me levianamente, enchi um caderno com meu sofrimento. O Teo não tinha muita imaginação, oh! falei no passado! Estou de novo com vontade de chorar, com saudade dele, de quando achava bonita sua inabilidade para tratar mulheres. Preciso encontrar Gema, minha inocência acabou-se. Calma, nada de tragédias, acabou-se minha inocência quanto a achar que o Teo era um homem perfeito. Só isso, não garanto nada, se ele aparecer posso mudar de ideia, não sei. Vou procurar Gema, ela tem o poder de tornar tudo mais leve.

Mulher raquítica e preta parecendo uma boneca, uma bonequinha de pano, pretíssima, feia, pobre, no banco da rodoviária em Coronas. Queria experimentar a sorte dela, a cor indelével, a pobreza. Não sei como sei, mas sei, é bom ser negro, é bom não ser negro, é bom ser judeu, é bom não ser judeu, ser branco é bom e não ser branco é bom. Que faço para ser um negro? O negro não me deixa dormir mas não tenho culpa e entendo, como se fora negra, os surdos ressentimentos do seu modo de olhar. Nossa Senhora Aparecida é negra, a de Guadalupe também e há negros louvando a Deus, como há coxos, manetas, paraplégicos cantando *gloria in excelsis*. Quero entender o que se passa comigo, talvez não deva, Clarinha de novo demora a telefonar. Quero que o mundo pare, porque começa a cansar-me o esforço de ficar normal e acompanhar-lhe o ritmo. Devo escolher, quando fácil e prazeroso seria desesperar-me. Oferecer minha vida e a de Clara a Deus, mais difícil que ser negra. Ele exige, para aplacar-se, a adoração. Vem, Espírito, me instrui para que eu Te agrade, ensina-me o louvor nesta hora de tentação. Pergunto-Vos, o que me aflige é o vezo mórbido antigo? "Quem teme o Senhor não será surpreendido por nenhuma desgraça." O que é do bom Espírito gera a paz. Rogo-Vos a paz, estou confusa, queria saber, agora sei como é ser negra pobre, porque Clara não telefonou. Valha-me Deus.

Thomaz me surpreendeu. Pôs um bilhete para o médico, junto com o resultado dos exames, não percebi a manobra. O doutor concordou com ele, caminhadas, exercícios, 'a saúde do velho está no calcanhar'. Então é isto, a idade faz seus estragos, dona Antônia. Acredito pouco em médicos, disse a Thomaz e arrependi-me em seguida. Estou querendo brigar, boxear com o que secretamente me envergonha. A Maria Edwiges me acha muito humilde, não Jeremias que hoje cedo falou-me: "Se não prestar ouvidos, o Senhor derramará lágrimas em segredo por meu orgulho e erguerá até a cabeça as minhas vestes, a fim de expor aos olhares a minha nudez." O sonho de Madalena comigo, 'você nua, Antônia, um rio de fezes saindo de você'. Um deus ciumentíssimo me exprobra, um marido violento e enraivecido. Devo aplacar o que precisa ser aplacado. Um cego amedrontado é o que sou, batendo com sua bengala em quem mais me guia: Thomaz. Clara telefonou: senti que a senhora podia estar aflita por minha causa, não deu pra ligar no dia combinado, tudo bem por aí? O que se passa comigo? Sebastião ficou diabético, jogou o exame fora e continuou comendo doce, o de que mais gostava na vida. Preocupei-me por ele, achando que pecava por não seguir o regime. Não foi este o conselho do Soledade pra mim quando disse não precisar eu tratar meu dente se isto me fazia mais feliz? Que eu era mais importante e valia mais pra Deus o que eu decidisse? Talvez me valha agora usar a razão e corajosamente matar o monstro a meu jeito. Matar o monstro, aplacá-lo, mas quem é o monstro? Deus? O médico? A coisa que me tira a paz? Sim, a coisa que me tira a paz. Seu nome é confusão, é não sei, é medo. Eu odeio. Eu quero odiar. Eu preciso odiar com todas as forças do meu entendimento, com todo o prazer e alegria odiar. Conheço a quem desejo matar, não digo seu nome agora. O Senhor peleja por mim e o colocará à minha frente para eu o acorrentar primeiro. Já com o rabo entre as pernas vejo sua triste figura. Fede.

Visitei Gema, está não apenas sobrevivente, mas pacificada. Falou que tanto nós, que somos bobas e pudicas, quanto a Verônica, que dorme com todo mundo, sofremos de modo igual. Cada um faz o que sabe e dá conta, nunca mais quer julgar ninguém. Thomaz também já me disse: todo mundo peleja, não pense que é só você.

Dormi mal. Penso seriamente se terei de voltar ao doutor, cansadinha de mim. Não é um bom sentimento, devo amar-me. Amarilis me conta que a Zuleica mudou de psiquiatra, de grupo de oração e está pegando um reforço na homeopatia. Faz qualquer coisa pra não morrer nem ficar velha, menos perdoar o Mário que ofendeu ela demais quando era menina de escola. Assim, numa terceira pessoa, é fácil ver o ferrolho a ser destravado. Nem todos juntos os terapeutas da terra vão curar a Zuleica. Amarilis abriu o livro: "Farei perecer os sábios de Edom", começamos a rir com o susto, mas antes de desanimarmos ela disse: li isto à toa, meus olhos bateram de verdade foi na página da esquerda: "Levantarei a cabana arruinada de Davi." Tá vendo? ela disse, promessas de restauração para nós, vamos ser curadas. Não disse à Amarilis ainda, tenho pensado em parar um pouco de ler a Bíblia, livros de espiritualidade, o que faço desde que aprendi a ler. Gema já se decidiu, como sempre com coragem e antes de mim. Será mais ou menos como confiar no guia sem conferir no mapa o que ele fala. Se pudesse de vez em quando tirar minha cabeça do pescoço e botar num cabide... O vozerio da palavra sagrada não me deixa dormir, travesseiro de pedras, me volta o desejo antigo, o desejo de ser pagã. Até passar a tormenta quero só Nossa Senhora, Nossa Senhora não fala, não dá regras de vida, só põe no colo, a Misericordiosa. Temo ter blasfemado algum dia, acho que o fiz, certamente o fiz e escrevi no meu caderno a coisa horrível que não localizo. Peço perdão a Deus, da primeira à última de minhas células, vivas e mortas, peço perdão a Deus e curvo-me. Que Ele me levante as vestes e mostre minha nudez. Curvo-me, peço perdão por ter perdido o céu e merecido este inferno, as penas que me afligem nesta hora em que me supunha curada. Queria socar o inimigo até a morte, agora quero só chorar, porque o inimigo é mais forte, eu não posso com ele, quero chorar, me dá o dom das lágrimas, ó Espírito.

Thomaz está sofrendo muito e é espantoso que poderei salvá-lo. Eu. Como prosseguir diante da coisa exigindo-me? Só tenho esta vida para decidir. Thomaz está à minha frente, muito, muito cansado mesmo, cansado de verdade. Pensei que fosse a construção dos galpões, ele disse, mas não é. O serviço acabou faz tempo e continuo cansado. Pego a mão dele, a grande mão quadrada, e lhe experimento os ossos, vejo-os sob a carne forte e estremeço. Thomaz está cansado de me carregar, sua pesada cruz, Antônia Travas Felícia, travas, ele ainda não sabe mas eu sei. Quando me apanha lavando as mãos, gosta de completar o serviço, fica esfregando suas mãos nas minhas debaixo da torneira, ensaboa, enxágua, ensaboa de novo: 'Que mãozinha pequena, meu Deus.' Você inventa moda, Antônia, porque o Thomaz até hoje te trata como a uma noiva, queria ver você casada com o Miguel. Gema me dá avisos. 'Para minha mulher Felícia, do seu Thomaz', o cordãozinho de ouro debaixo do travesseiro. Não vai acontecer nada, Antônia, eu te ajudo a falar, vamos, Pai Nosso que estais no céu, vamos no Canibal tomar um chope? Você hoje está com a cara de quando apareceu na minha casa e ficou conversando alto na cozinha, me atrapalhando estudar, cara de Felícia. Já faz tantos anos, Thomaz. De vez em quando você faz esta cara. Que posso fazer pra te ajudar, Thomaz, uma coisa concreta, diz, diz que eu faço agora. Nada, Antônia, quando você está alegre eu não preciso de mais nada.

Sinto falta de ar, é novo, de três dias pra cá, algumas vezes ao dia. Recomendações, conselhos, advertências me fustigam. Magoei Rebeca, Amarilis veio mas não consegui concentrar-me, percebi que a decepcionava. Recusei uma leitura da Bíblia, sem desejo de repetir orações, sentia mesmo um certo enfado, queria andar. Tentou ainda uns minutinhos de silêncio, mas o vozerio era muito grande em mim, não reencontrava o gosto, todo o ar da manhã não me bastava. Você não está achando o Natal deste ano muito melancólico? Não, ela disse, estou achando não. Cassinha está achando como eu, meio tristonho, somos muito parecidas. Palavras de faca cega eu falei com Rebeca, sem ver o que fazia, pior ainda parece é quando não se vê. Estava animada, minutos atrás fizera bons propósitos, Maria é minha mãe, vou cuidar da casa, ver filme na televisão, atender à porta sem espasmos. Não queria, não quero, no entanto fiz a coisa mesquinha, monstrenga, o pecado intolerável, vi-o nos olhos de Rebeca contendo-se pra não chorar. Cortei o cabelo bem curto. Não é suficiente, devo cortar mais e mais, vestir a camisola dos condenados, gritar meus crimes na praça. Desenganai-vos de mim, Luiza, Fausta e Gema, filhos meus, marido, família minha, ancestrais e futuros, os que agora me cercam de gentilezas, Antônia é boa, caridosa com os pobres, sabe tanta oração bonita, reza com tal fervor, como Vicentina Correias, a que não sabia que não perdoara a mãe e fez casa de retiro e penitências horríveis e deu seu dinheiro aos pobres, feito eu, a tonsurada que demora em ganhar a paz e teve assaltos de medo após julgar-se curada. Thomaz pede: fala, fala o que é, fala comigo, não há contradição em Deus, Antônia, já te falei, você quer ser perfeita, você não quer errar. O que fiz com Rebeca é mesmo pequeno, não o que o gerou e não quer morrer. Até o consolo da reza Deus me tira, é só este desvalimento. Hoje é oito de dezembro, a conspurcada implora à Sem Mácula, à que tem sob o calcanhar a cabeça odiosa. Valei-me.

Ave, ó fonte que lava minha alma,
Ave, ó taça que verte alegria.

Quero a Mãe de Deus, que não me destrua meu arrependimento.

O vivo e puro amor de que sou feito
Como a matéria simples busca a forma.

Luís de Camões

Escreva seus sonhos assim que acordar, me disse o doutor. Vou anotar o último e também minha intenção de encerrar as sessões, mas cuido disso depois, descansada que estou porque Clarinha, de férias, confirma entusiasmada que somos mesmo criaturas, a criação é menor que seu criador; fosse igual, não ficava distinta da origem, não aparecia. Filosofar faz mal pra senhora, por que não cuida só das poéticas? Que teimosia! Mãezinha, um deus que não dá conta de fazer coisa diferente dele deixa muito a desejar, não é? Tá fazendo o quê? Limpando gavetas? Continua meditando com a Gema? Se Deus não puder não ser, falta uma coisa n'Ele, Clara? Falta. Mas Ele quer ser, mãe. Contenta só com a chance de poder não ser, para ficar completo. Ele é tudo, peca e não peca, sabe e não sabe. Ama e não ama? É. Por que a senhora está com medo? São João falou Deus é amor? A Bíblia é psicological, mamãe, até Jó pra mim tá beleza. Clara! Sem medo, mãezinha, tô brincando. Escolhe o lado d'Ele que sabe, que ama, que não peca e pronto, a senhora não-fez-o-mundo. Descansa. O doutor é bom? Começou com as poéticas de novo? Graças a Deus! Vai rezar com a Gema? Legal, rezem pra mim, tou com medo, falando heresias demais. Aproveita e fala com Deus que, se precisar de mim pra Ele continuar sendo, faço igual tia Madalena, dou todo o meu apoio.

Muito engenhosa a ideia de Clara sobre ter em Deus uma potência. Se for mais que uma lógica, corremos riscos gravíssimos. No entanto, contudo, porém, é... até São Paulo, o rijo fariseu, usou reticências, "a Lei é santa e o mandamento é santo e justo e bom...". Por conseguinte, até ele embarafustou-se, o louco por Cristo. A desrazão da fé me conforta. "Outrossim" — ele prossegue —, "o Espírito vem em auxílio à nossa fraqueza, porque não sabemos o que devemos pedir, nem orar como convém, mas o Espírito mesmo intercede por nós com gemidos inefáveis. E aquele que perscruta os corações sabe o que deseja o Espírito." Assim, sim, dá pra amar o apóstolo, voltar pra casa amarela com seu alpendre cinzento, no começo alaranjado. Madalena chorava tanto e por causa da choradeira o pai consertou o malfeito, com listras na vertical. Voltou à trincha e mais listras, na horizontal, fez um xadrez. Nova consideração e cobriu tudo de cinza, igualzinho faço com receita, corte de cabelo, vou aumentando e tirando em proporções tais que chego ao zero absoluto, ao caos inicial de todas as coisas. Fiz muitas poéticas lá, o céu ficava a oeste, concedendo um pouquinho, também a noroeste, me conectava com o mundo, com o deus que minha alma adora. Na caixa do relógio de força as abelhas jataí fizeram ninho, mel muito medicinal, hein? Neca Rodrigues já envém, hoje não faço sala pra ele não.

Vou pro ensaio da Pia União. Neca Rodrigues não sabia ir embora, papai ficava batendo a palma da mão no joelho, o Neca não se movia, esperando o café. Pensei que hoje o Neca desembuchava e pedia alguém aqui em casamento, o pai falava com alívio. Gostava mesmo era da prosa do seo Zé Fonseca, um negro muito grande que tocava contrabaixo, padrinho da Cassinha. Falava com muito esforço porque operou da garganta e os médicos cortaram também as cordas da fala. Conversava entortando a cabeça pra esquerda mas não ficava custoso escutar ele não. Pra seo Zé Fonseca eu gostava de levar café, era muito inteligente ele, ria se sacudindo, uma locomotiva chiando, mas não dava gastura em ninguém. Todo o mundo apreciava ele. Na qualidade eterna dos domingos, Neca Rodrigues e seo Zé Fonseca no retângulo onde só cabiam três cadeiras. A Tiana parou de evacuar, tá internada com sonda no intestino, é uma ilusão este mundo, cê não acha? Gentil brigou com o Tõezim até matar a mãe de desgosto. Tem um ar agradável este canto nosso aqui, não tem?

Até agora a senhora não limpou as gavetas? Sabe, padre My Love apareceu no Canibal e convidou todo mundo pra sábado de tarde, 'desejo trocar de ideias com vocês'. Quase que eu chateei ele mas deixei passar, tou de férias. Vê se acha no meio dos seus papéis aquele retrato meu com a Mara Regina, tá?

Há poucos minutos bateu meia-noite, já estamos em 1975; 1974 foi muito duro. Doenças graves, Clarinha, Tetê da tia Lina, Alberto, confusões e mal-entendidos comigo no grupo de onde me tiraram. Espero confiante 1975. São vinte minutos do ano de 1975. Thomaz foi na cozinha buscar água pra mim.

Tuim melhorou. Parece que o caso dele é mais nervoso que outra coisa. Tia Nana, de cama, ainda assim escreveu a despedida do Ano Velho pra Rute ler na missa.

Dei um talho feio no dedo, com a barbatana do guar-da-chuva. Carolina gritou horrorizada: ai, parece gelatina! Marcela jogou o comprimido fora e deu a maior birra. Fiz faxina na casa, não sei se aguento sem bater nas meninas da Cássia. Alberto demorando a aparecer.

Deveis ouvir-me, pois não venho de festas, mas de três dias sob o aguilhão da morte — escrito após obi co (não consigo decifrar).

Quando me dá tristeza me dá junto brutalidade. Thomaz me ajuda do jeito que pode. "Abalos nervosos de origem sutil", Thomaz apela para minha fé, não sei o que responder. Ele tem razão e eu tenho a treva.

Mãe, tive uma ideia bacana pra pôr no teatro, não escrevi na hora, esqueci ela. É bacana a gente falar que foi a gente que escreveu, né? (Rebeca com treze anos.)

Frei Babilônia, por puro milagre, fez uma homilia que agradou a todo mundo.

Aquele cujo nome é Tristão, Beatriste, Dolores da Paixão, pega o arado, rasga a terra (de quando eu era engajada).

Lá vai ele, balançando os braços com pressa.
Atrás de quê, trota o Triste?
Parece hético o antifrascário homem circunsmobile.
Tomou a bênção da mãe e saiu pra dar a volta em si
este louco urgentíssimo.
Seu nome é Vai-e-Volta
é Leva-e-Traz
é Vim-a-Pé.
Desde que adoeceu não acha nada engraçado,
nem bonito. Só inteligível.

(Tirei dois versos desta poética que escrevi faz quinze anos, quando o Montanha adoeceu.)

Quem suja meu corpo é minha alma. Sou psiquial. Meu coração é de carne, meu pensamento também. Os transcendentais me põem nervosa. A matéria tem todo o meu amor (a última frase acrescentei agora).

Estupendo: por mais familiar que te seja uma bananeira, só ela dá bananas, não você (agora que eu pus o estupendo).

Aceito que preciso três dias e um cavalo pra rodear minha angústia. A opaca alegria do meu estômago cheio (das poéticas).

Pescava, sentia os fortes puxões. Puxava os peixes pra fora e, sem espanto, uma borboleta de um palmo, corpo grande e lustroso, belas asas negras saindo d'água, enxutíssima, os olhos de areia, olhando. Fisguei-a no coração (um sonho).

Uiva, ó faia, porque os cedros caíram, porque os mais elevados foram destruídos, uivai, ó carvalhos de Basã, porque o forte bosque foi cortado (poesia que achei na Bíblia).

Quem me ama, ama o que eu quero ser (de quando estava apaixonada pelo Altair).

Pensei: vou puxar a linha com cuidado, olhar nos olhos dela para ver sua dor. Como lâmpada em resistência, os olhos dela murchavam, avivavam de novo. Senti grande alegria. Sabia que a borboleta era Tristão de Athayde, Alceu (resto do sonho da borboleta).

... serão muito bem recebidos. Podem procurar dona Elza, a zeladora de nossa igreja (quando quero escrevo com concisão).

Clara dormiu por dez horas seguidas. Nunca mais, nunca mais mesmo, saio com naturistas, ela disse. A senhora precisava ver quando a dona do sítio chegou com a travessa de torresmos, ficaram loucos, porque já eram três dias de arroz com carne de soja. Senti tanta raiva. Achou o retrato? Reza pra eu parar de sofrer, tou com ódio.

Achei! A parte objetiva do ser de Deus é a consciência (que está em nós) e que fica sendo o inconsciente d'Ele (para Ele). A minha parte objetiva é o inconsciente, Ele (para mim). Eu quero Ele (o que não sei). Ele quer eu (o que Ele não sabe). Descubro uma ligação de natureza entre nós que poderia levar-me, como levou, a grande perturbação e sofrimento, já que eu recusava o parentesco. Agora não, meu inelutável envelhecimento pacifica-me no caminho da aceitação. Velha, adoro-Vos (me?) (em mim). O oráculo me diz reiteradamente: entregue-se ao inconsciente. Até hoje inventariava tudo antes de fazê-lo, o que significa que não o fazia, ou fazia muito mal. Entregue-se é entregue-se, "quem põe a mão no arado e olha para trás não é digno do Reino". O mal está em querer compreender. O maior absurdo é: existo. O resto segue. Parece que não há mais perigo de me perturbar de novo, porque a compreensão é impossível e toda explicação alcança um ponto onde os diferenciais se misturam numa treva tão grande e ininteligível como a grande luz e sobra apenas e de novo: existo. Vejo aqui um caminho e o escolho. Menor que este ponto ·, estou eu diante do mistério. "Curvai-vos." Não contrarie a direção da alma, "Altíssimo, Onipotente e Bom Senhor", que prazer é existir na esperança de ver-Vos. Envelheço, bendito sejas, rendo-me, ó Sabedoria, a história do homem é maravilhosa, o levedo, os fornos, cultivar campos, pastorear. Estáveis lá na aurora de nossa vida, tão belo! Como sois? Como estais? Mostrai-Vos. Um dia — graças a Deus encontro estas palavras perdidas — escrevi com louca coragem e não me esmagastes: odeio minha mãe, meu pai, odeio os filhos, o homem que do meu lado quer salvar-me. Só não digo odeio Deus, porque não sei o que é. A mais medrosa entre todos levantou seu braço e não o arrancastes, a língua bifurcada blasfemava e fui poupada, ó Deus, meu papaizinho, era amor o que me fazia odiar, um amor irreconhecível, embaraçado no medo. É como se fôsseis o Teo, como se fôsseis Thomaz, meu pai. Os que me amam têm Vossa face e eu descanso, ocupo-me em estar de férias no rancho do Bom Cavalo, onde tio Bina me olha com sussurrante grosseria. Leleca me chama pra catar coquim, dá um doce com gosto de manteiga, ô vida mais boa, apesar das cascavéis, uma picou o Zuza que escapou por milagre. Os dicoques entram por debaixo da porta, olha, Deus, que engraçado, dicoque é sapo, raciocino que o povo fala dicoque por causa das proparoxítonas, que adoro. Por isso, sempre pareci mais culta, são difíceis de falar. O sapo é um bicho 'de cócoras'. Sá Rosa, em Arvoredos, quando tinha missa no Cruzeiro, a dois passos do rancho, se fosse de noite não ia 'com pavor dos dicoques, ai, ai'. Tio Bina, tão inconveniente e chatinho: se não for incômodo, me arranja uma xicrinha de café? Não abria mão de comer nada, só que 'daqui um pouquinho', goiaba, 'só se for apanhada na hora'. Eu Vos agradeço porque Thomaz está descalço, tomando café em pé, não se importa mais se a Carla Soraia come em frente da televisão. Nunca dei conta de estrear uma caneta e ir gastando a tinta até o fim, acho bacana quem consegue. Dei tudo ao Thomaz, menos tédio, impossível, numa vida onde acontece cada coisa! Leleca falou que tem ciúme de Deus, fica aflita quando alguém recebe uma graça, pode? Coisa mais atrasada é mãe dedicada e triste. Que semblante o de tia Patinha, Pátria Felícia Travas, quando Bina cantava *Cabelo louro* em minha direção! Me protegia o tempo todo, papai falava que ela era igual Santa Rita de Cássia, de tanto sofrer com o marido. Nos fizestes com frente e verso, se estou atrás de um homem, pra ver a cara dele, um de nós deve se mexer, não somos esféricos como Vós. Em minha juventude se dizia das moças bonitas: ela tem uma plástica! E das inteligentes: ela é crânio! Era assim que eu sofria: se não existis, não existe pecado e, se não existe e estou culpada, então sou deus. Gema queixou-se: não vou mais em casamento, chatura, enterro é mais animado. A marcha a ré da ciência, é para trás que ela anda, mas não é este o ridículo, é sua ilusão de avançar. Não vai aqui nenhum orgulho, aceito que seja assim seu maravilhoso despoder. Como é possível dizer não a Vós? Ficar no inferno é ainda ficar com Deus, não ser é que é o horror, mãezinha. Gema também e eu não suportamos a ideia de gente feliz de um lado e gente sofrendo do outro. Só um absoluto diz um não absoluto. Apesar do ressoo canastrão deste 'o inferno é aqui' vislumbro luzes na teologia da Arlete. Minha liberdade é relativa. Gema modificou e com resultados de maior leveza e confiança para ela, eu e Amarilis o ato de contrição... "por ter perdido o céu e merecido *este* inferno". Experimenta não fazer a vontade de Deus e você prova o que é arder, minha filha. Dizer que ao final seremos todos acolhidos não é um pensamento católico de jeito nenhum, mas Cristo por acaso é católico? Ele que é o máximo? Sois maior que a palavra que temos sobre Vós, escapai-nos, graças a Deus! Que bom, estou pensando sem perder o eixo, corajosa pra ralhar com Amarilis sobre continuar achando, como os crentes, que os salvados serão só os 144.000. A Bíblia, como tropeço, grande escândalo, ai de nós que morremos da cura. Devemos ser humildes em aceitar esta riqueza suprema: estais em nós, Vosso Espírito nos habita, ditais cartas, bilhetes, profecias, poéticas, assim catalogáveis: segundo o espanto, segundo a razão, segundo o medo, segundo o homem, não é certo? Ninguém viu face a face — segundo o amor, um amor que fez o Aníbal deixar a cabeceira da mãe morta e ir na cozinha caçar o que comer. Veio pra saleta com abóbora fria num pires e ficou comendo, detonando a lógica, a razão dos orgulhosos. Quando rezamos cessam os espasmos, a luz retorna, iluminada, serve a palavra ao propósito da salvação, Gema, eu, Amarilis, o bandido na solitária, vemos de modo unívoco a mão da piedade sobre a nossa pobreza, a mais sagrada das revelações penetra-nos até os ossos: "Não tenhais medo, pequenino rebanho, o Pai vos ama."

Perdi mesmo o Gold's, Gema me disse, meu tempo se esgota e quero ser feliz agora. Passavam uma família jovem, moças de bicicleta, um ônibus, alguém ensaiava um trombone. Já passou tudo, ela disse, formalizando o que eu também sentia. Nós duas ali já havíamos morrido, nossos filhos, maridos, a menininha da bicicleta que tagarelava eterna. Os carros, fora de moda, que meio esquisito de nos deslocarmos, que cangalhas jurássicas, o ônibus, as motocicletas, as roupas. Só não havia morrido nosso sofrimento, o desejo de nossa alma. Tudo havia passado, porque nada passa, é agora que tudo é. Lembrei a impaciência de Fausta, 'ai que preguiça de esperar o tempo se cumprir', Cássia pedindo o fim do mundo. Louvar a Deus é aceitar o tempo, Gema falou, a derrocada do orgulho. Queria rezar hoje uma oração que a gente nunca rezou, Antônia, queria palavras novas.

Você é a mãe do tio Alberto? Suzana me perguntou. Por quê? Porque você é velha. Os olhos dos meninos veem sem véus, oráculos do Senhor. Importante coisa está me acontecendo, uma coisa boa. A menina quis ficar perto de mim, os olhos dela como os olhos de Deus.

Quando esperava o André fiz, a mão, a camisolinha e bordei-a à roda toda de peixes. Me esqueci de contar ao doutor, pois sonho tanto com peixes. Nunca vi roupa de neném com peixes, só panos de cozinha, peixes, palavra forte, palavra de pescar coisas.

Só depois da invenção do papel se pode dizer fizeste um papelão, ou tens um grande papel na vida. Não me objete é óbvio, o óbvio esconde segredos. Não quero ver boi voando, este comezinho milagre, tenho unhas permanentemente crescendo. A vida pede reverência, a vida como ela é.

Não sei onde entronizar este ovo quente, tenho ganas de sujigar a Arlete contra a parede: me explica o que você disse, ou bato em você, Arlete. Sinto alegria e ciúme, porque Deus não é só meu, um senhor polígamo cochichando no subúrbio com mensininhas boçais. Ah! dona Antônia, vá dançar *rock'n'roll*, até a Arlete já sabe: 'Tem hora que Ele é eu, o capeta também.' Deve-se perder o medo dos sentimentos, quanto mais que Deus aprecia o coração sincero. Começaram os batuques do carnaval, batuque é batuque e eu sou eu, não me misturo mais, posso isolar-me sem constrangimentos. Posso isolar-me sem constrangimentos — detesto frases. Hoje está um pouco parecido com o dia em que tive medo de continuar pensando, medo da solução, de perder-me nela como no problema. Precisão de entender o que diz: em vez de decifra-me, aceita-me. Medo de entregar-me ao que diz vem. Segunda-feira eu vou. Primeiro vou pôr ordem nas gavetas. Medo da felicidade se gastar: qual o forro que põe, mãe? Este mesmo, vira ele do avesso. Eu não fui na festa, mas a esta hora quem foi já está em casa dormindo igual eu, bobagem. Quem gritou comigo não avance mais entre as pernas? Minha mãe ou a convulsão do meu peito? Ah, que dor é viver, todos mortos sob as lápides, reprimidos ainda nos estreitos caixões, em posição de sentido. Por que digo estas coisas se não estou infeliz? Porque sou rapsoda e estou meio querendo que Jesus fale comigo de modo extraordinário e me arrebate e eu sinta cheiro de rosas e escute coros angélicos ou o Teo volte e fique tudo como antes. São quatro horas da tarde e estou sozinha em casa. Decido-me. Escolho amar sem medida e sem escolha. Meu coração quer este emprego fixo que lhe permita bater despreocupado, eh, parece marcha de carnaval, mas não estou inconsequente, só dispersiva, quis ficar sozinha e ficou meio chato, não há como projetar-me. Nesta situação as pessoas bebem, ou comem ou veem programa de televisão, compram o que não precisam, deus existe lá longe. Quero aproveitar com paixão os acontecimentos, nada me incomodando neste filme sem som onde sou ator e plateia, a vida zerou. Devia ter ido com o Thomaz. Não, não devia, para aprender a impotência, a carência original da minha vida. Solidão é coisa muito terrível, o Teo vive sozinho, mas não é desta que eu falo. Quem me espelha? De quem sinto tanta falta? Você é carente demais, Antônia. Thomaz falou assim uma única vez e fiquei tão surpresa! Eu não sabia, fiquei tão surpresa! Eu sou carente, eu preciso de afeto e atenção, ó meu Deus, eu sou uma pequena criatura que desdenhou os parentes no domingo de carnaval e ficou muito assustada com o tamanho do mundo e seu excesso, aceito que guieis minha alma, aceito a palavra espessa deste Vosso silêncio.

Este caderno está insuportável e é por causa de Deus intrometido em tudo. Picolé de coco ou de creme? Dou ou não dou folga à Carla Soraia? Vou em Arvoredos ou fico? Devem cair os amuletos porque Ele não gosta e ai de mim, avisou, ai dos idólatras! Quer que eu fique corajosa, pare de ir à missa e de falar Seu nome como um papagaio, diz que eu pareço o autoproclamado ateu, já no terceiro livro sobre Ele. Muito engraçado, ateu e dando laço em gravata, engraxando sapato, dando entrevista. 'Nem ligo à transcendência', fala sem nenhuma paz, porque sem Deus fica sem plateia. A horrível maravilha da criação está gritando: o autor, queremos o autor. Os telescópios varrem o nada, o infinitamente pequeno sacode-se de gargalhadas. Aninhamo-nos no absurdo, reconfortante como um útero. A revelação se fez com a história mesquinha de um povo fornicador, prostituto, atrás de ouro e comida, deuses mais complacentes, um pobre povo, um deus também guloso e irritadiço. Perdão, protestantes, perdão todos os que, fora da barca de Pedro, ganharam minha piedade estulta, perdoemo-nos este engano galáctico de um deus à nossa medida. O mundo não melhorou, a vera violência ainda não foi despertada. "Amai-vos", quanta coragem é preciso, quanta nudez para os cardeais e eu. Pesam os báculos de ouro, as teologias, as campanhas intoleráveis sobre o que é o dízimo, irmãos, sob música feia e rito estreito, os sermões ansiosos. Deus é amor. O amor é Deus. Há um fio solto, desconectado, uma nota desafinada nesta missa. A pobre da Igreja e a pobre de mim.

Amarilis supõe — com acerto — que desobedeço à Igreja, por isso telefonou, no fundo pra me lembrar do jejum e da abstinência nesta quarta-feira de cinzas. *Memento homo* não era necessário, nem por um minuto me esqueço disto em minha vida. O pó de que sou feita tende a se esfarinhar à medida dos anos. Busco reverdecer, hesito em que aconteça por via de hormônios insistentemente prescritos. Fui ao médico de senhoras, de fato me arrependi, médico jovem, oriundo de Arvoredos. Oriundo! Também sou oriunda, toda a vida jucunda, minha doença é estética, isto é, não sou humilde, não integro o feio, só o triste, orgulho seminal. Mas quero não ser assim, suplico não ser assim a quem pode me socorrer. Nesta quarta-feira de cinzas quero seja cortado o prepúcio do meu coração.

Thomaz me mostra a revista, assustado com o avanço do islã. Rezar pela paz do mundo, Gema, eu e Amarilis daríamos conta de deter uma guerra? É humano perguntar assim, somos apenas três e os fanáticos somam milhões e pulam em nossa garganta com as cimitarras em punho: por Alá!

Minha irritação com Thomaz é infundada porque ele nunca foi diferente, ir mais fundo nas causas é topar com a minha ancestral necessidade de perdoar o mundo, de ser quase divina, tão especiosa é a lei de amar sem medida. Tudo hoje parece uma prisão, as paredes da casa, ter de cozinhar, ter de isso, mais isso, mais aquilo, o mundo é uma prisão imensa sob trinta e oito graus neste fevereiro de um país chamado adequadamente brasil. Ponho dois travesseiros, um de cada lado da cara, e urro com toda a força. Alguma coisa muda, alguma coisa sai. Percebo que estou ó-ti-ma. Urrei e fiquei ótima, leve, gentil, sem culpa de ter falado pro Thomaz cuidar da vida dele sem contar comigo, porque sou muito mais mãe que mulher. Por algum secreto e maravilhoso motivo não estou sentindo culpa nenhuma. Daqui a pouco vou fazer o café e, diferente do almoço, porei de boa vontade a mesa e vou fazer igual minha mãe fazia com meu pai: olhar Thomaz mastigar o pão que eu, diaba, amassei e ficou muito bom. Viver é isso aí, não sou nenhuma *lady*. Em tempo: rigorosamente falando, não existem *ladies*. Quem não suja na entrada suja na saída, como se dizia dos negros, quando havia preconceito. A natureza se vinga. Portanto, não é qualquer bobagem que me afastará do caminho. Renovo meu propósito, o clamor mais fundo em mim: quero amar sem medida.

Se não tivesse compreendido que o mal também vem de Deus, Gema falou, já tinha me desesperado, pois há cinquenta anos rezo sem parar e quero uma coisa que eu não sei o que é. Acordo de noite querendo e, como não sei o que falar, eu rezo do modo antigo, mas não me servem mais as fórmulas, quero outra coisa, palavras desconhecidas. Tem hora, parece que estou pertinho de achar isso que eu não sei o que é. Não contei ainda à Gema, esperando a necessidade, sobre o que me aconteceu quando quis rezar pro André. De todo jeito que começava, a reza ficava partida, suja, faltando pedaço, com excesso de gordura, então rezei assim: Deo onipotenti, Patris, Filio et Espiritu Santu, kirie eleison, cristeleison, laudamus tibi gratias agimus semper ai morramed, leiiiii noscamus rai, rai, alê, alê, alê pro fili mi Andrei, filium tuo, per mater nostram Maria, per Jesum Domino, rai, rai, rai, gloriam, gloriam, sanctus, sanctus, laudamus, kirie eleison. Amém! Senti enorme paz e a certeza de que o menino estava abençoado e protegido e que minha oração chegara até Deus! Tenho experimentado de vez em quando e percebo que é grande bobagem minha não rezar assim mais vezes. Foi bom toda a vida! Vou experimentar agora outra vez.

Carla Soraia acaba de sair, eu estava doida por isso, queria ficar sozinha. Ficar sozinha para — ninguém vai acreditar mas é isso mesmo — para ver Deus. Me colocar no canto da parede: fala, tua serva escuta. Fiquei com vontade de dizer filho da puta pro médico, ia hoje levar meus exames, a secretária informou-se: É pelo convênio? Pelo convênio só

17 de março. Vou denunciá-lo, é um absurdo, filho da puta, conheço a mãe dele, não foi à formatura por causa da emoção. Se eu xingar ele de filho da puta, de todo o coração, o que acontecerá comigo na ordem moral e metafísica da minha singular existência? Pois é o que estou com vontade de fazer, como a Maria Edwiges: filho da puta. Se eu disser isso, imediatamente posso, sem rasura na minha alma, rezar o "Santíssima Virgem"? As duas coisas são sinceras, xingar o médico e rezar. Esta latomia toda porque experimento a cura e as pessoas que xingam me parecem mais saudáveis, menos a Maria Luca, que não conhece a contrapartida da palavra doce. Queria tanto experimentar. Onde ponho minha raiva, a raiva de uma vida inteira? "Ouve, ó Israel." Escuta, ó Antônia, fala comigo. Senhor meu Deus, a quem irei? "Apressai-Vos em socorrer-me, para os montes levanto os olhos." Jesus rezava os salmos, desconcerta como uma notícia boa, ah! Que beleza, como eu, ele rezava os salmos?! Verdade mesmo? De onde me virá o socorro? "O Senhor é teu guarda, não dormirá o guarda de Israel." Não falei com ninguém: a sensação é de que Jesus sofre dentro de mim (meu coração é o dele), quando isto se tornar permanente haverá uma fusão, poderei com eficácia benzer as pessoas, minha compaixão é a dele, eu devo consolá-lo, desatemorizá-lo. É muito, muito estranho e muito, muito bom eu consolando Deus, tirando o medo d'Ele, muito estranho mesmo. Não contarei a ninguém, é um tesouro, requer discrição extrema, só nós dois sabemos, sussurros de in-

timidade, a insuportável leveza do meu ser dando lugar a um peso, um pêndulo no coração: escuta, ó Antônia. Fala, Senhor meu, a boca no meu ouvido, fala.

Maria Edwiges passou pra me ver, dizendo que foi muito difícil cumprir a promessa que fez de comer um frango sozinha mas que afinal deu conta. Clara telefonou. Agora que estou curada telefona sempre. Ou foi toda a vida assim e não percebia? Não sei se quero fazer o retiro, só estou querendo viver desprogramada, atenta à voz que sussurra com nitidez quando me deseja: escuta, ó Antônia. Se parece com o que disse Gema: acordo de noite querendo uma coisa que eu não sei o que é. Devo silenciar-me para escutar a voz. Só a necessidade vai me fazer falar. Escuta, ó Antônia.

Preciso escrever o sonho e mandar pro doutor mas não tenho muita pressa, é como ter apanhado um resultado feliz no laboratório, dá pra esperar sossegada antes de mostrar pro médico. Quero mais é retomar os três cadernos e passar uma tarde inteira na Arlete lavando a cabeça, fazendo as unhas, que peruagem. Não, que capricho! Tomar chope no Canibal, que desfrutável. Não, que leveza! E escutar o Aníbal falar mal do prefeito, sem irritação, com simpatia e atenção verdadeiras. Vou fazer isso de uma forma que obrigará o Aníbal a me elogiar: mas como você está diferente, Antônia, e até bonita, hein! Tenho um pouquinho de vergonha de tomar chope, bebida de torcedor, mas mesmo sem ser obrigada confesso que é bom. Uma mulher feliz não tem preço. Tomo vinho em grandes goles, a primeira taça me entrega, o Teo acha engraçado, Thomaz quer me refinar. Não há meios, é como um sotaque, só não faço careta, pois vinho é ótimo.

Fui com Alberto na casa de tia Cota e as meninas trouxeram ela pra sala: mãe, é o Alberto do Felício, mãe, com as irmãs dele, a Tônia e a Madalena. Tá bão, tá bão, ela falou e começou a cantar a 'moda do cachorro com o chouriço'. As meninas tentavam desviá-la: canta 'a andorinha', mãe, ou então 'flores a Maria'. Tia Cota obedecia e voltava mecanicamente ao 'cachorro com o chouriço', livre nos seus noventa anos para ser picaresca. Lembrei o Soledade, 'a natureza se vinga'. A insistência das primas em direcionar o repertório da tia Cota cansou um pouco. Solta, ela nos divertia. Alberto gargalhava.

Impossível é Deus pecar; eu, posso ganhar o prêmio Nobel. Tou parecendo tia Cota cantando 'o cachorro com o chouriço' na sala de visitas, mas eu também tou experimentando a liberdade, tudo que é humano me diz respeito. Todo mundo que tira o prêmio fica com vergonha, com saudade do tempo em que era desconhecido, e a vergonha é porque descobre que o bem que fez o ultrapassa, ele próprio sendo um banana. Como já sei disso, estou pronta pra ganhar. Sem culpa, com uma alegria de matinada.

Padre My Love tá me rodeando, vai ficar magoado quando me recusar a ajudá-lo com os folhetos. Vou dizer que é por motivos de natureza pessoal, imagine! Mas vou dizer o quê? Ele fala 'enganjamento' e 'trocar de ideias' com os jovens, vai feri-lo a exposição de meus motivos reais. Um *yuppie* do sagrado, jovem empresário do céu, o My Love, inocente e sem vocação, falando no microfone como um calouro vencedor: obrigado pela presença de todos. Antigamente, pelo menos Roma era mais perto, tenho vontade de pegar o My Love pra criar. Não sabe latim mas esteve na prelazia de Capim Verde, onde viveu 'na carne' a experiência dos pobres. Dizem que saiu de lá meio às pressas, deve ter feito como o Aderbal fez em Coronas. Ia a todas as Conferências de São Vicente, ensinando que não era aquela a forma moderna de fazer caridade. Os vicentinos ficaram magoados, não entenderam um padre que não queria dar esmolas. O Volpiano foi um: ah, é? Ensinar a pescar? E enquanto aprende morre de fome? Fosse vivo, meu pai ia brigar com o Aderbal, chamar ele de 'padrezinho embosteiro', se arrepender, confessar-se, ficar muito agoniado: a gente não pode falar porque é padre, mas tem cada um que Deus me perdoe. My Love ainda não descobriu que não quer ser padre, troca orações, pressuroso, por divagações sociológicas, fascina-o um Cristo político. Arre! Quase me enredei por aí, faz tempo. Os pobres nos passam a perna, fazem que escutam a algaravia mas só querem comida fina. Padre My Love, falou a Maria Edwiges, será que o senhor dá licença pra gente formar um grupo pra gente rezar o terço nas quinta-feira?

Toma, filha de Cristo, senhora dona: compra um agasalho para essa que vai nascer defendida e sã e que deve de se chamar apenas Felícia Laudes Antônia.

Dos migrados de João Guimarães Rosa

Eu devo fazer o bem sempre, o mal compete a Deus e minha alegria é fazer Sua vontade. Descobri, porque fui muito má com Thomaz e não senti culpa nem tristeza, como antigamente. Uma maldade infantil e sincera. Ele ainda não entendeu mas nos olhos dele tem mais curiosidade que sofrimento, sofrimento nenhum, pois até me xingou: vai tomar banho. Ótimo, me deu vontade de amassar pão aceitando que não inventei o fermento; portanto, com humildade. Minha ruindade diferente gera esperança em Thomaz e também em mim. Dina ficou doente, Gema está em grande apuro, estou em perfeita paz, Deus cuida delas como cuida de mim, com doçura e zelo. Entre as palavras lindíssimas uma é Verbo, singra o tempo como uma estrela cadente e volta ao escuro. São assim as poéticas, as místicas, têm as hipérboles e os êxtases, o brilho que a razão não devassa, gozo prometido aos simples de coração. Buscar as riquezas de Deus que quer de mim o mesquinho, o covarde, a maldade oferecida em holocausto. Dou-Vos o pior de mim, a água turva em que fui gerada. Tomava banho para ir à missa, escovava os dentes para comungar, não falava alto, orgulhosa de minhas boas ações, estranhando por que ainda assim devia dizer-Vos Senhor eu não sou digna. Inquieta-me agora é que passe o tempo da visitação sem me abrir a Vós, sem chorar amargamente minha verdadeira culpa. Vosso filho, chamado o Verbo, é lançado como ponte à minha indigência, aceito, aceito e aceito que nem aceitar poderia, se não O acolhêsseis em mim. Aceito Vossa vontade de amar-me, ama-me então, toma-me para o que mais desejei e temi a vida toda, com meus pecados toma-me, pois é o que não tens, que ciumentamente esperas que eu Lhe dê, meu pecado, minha pobreza, a parte de Vós que me compete suportar. Vou escrever poéticas para Vosso deleite, Madalena vai cantar, os solilóquios de Clara nos distrairão. Escuta, ó Senhor, quase me perco esmagada sob constelações, é tão inacreditável o amor de Thomaz por mim, até o Teo me amou, nada me rejeita, a velhice me acena com votos de boas-vindas, crianças distraídas ainda me apontam 'aquela moça lá'. Que posso fazer, senão, como quem vai ao mar, submeter-me às vagas de tão grosso carinho?! É meio-dia. Meu amor por Vós é um pranto, um grande pranto convulso meu amor por mim. Ouço-Vos em meu coração: sim. Concebe a mãe da doçura.

Gema viu o Teo em Arvoredos. A mesma cara de bem-amado, ela disse, um pouco mais velho. Como tem dia e noite, vai passar por aqui. Vou matar ele de admiração. Thomaz chega amanhã, também vai se admirar, estou admirável. Vou ao médico, mesmo oriundo de Arvoredos. Devo à Cassinha meu novo aspecto, me impediu de tosar mais os cabelos. Devo à Gema o estampado da saia e à Madalena o endereço da mulher que faz creme pras mãos. Devo tudo, sou inadimplente com nada penhorável, livre como uma filha de Deus.

Para um quarto caderno, que neste não cabe mais: intimidade é entrega, entrega da alma.

Coronas hoje não me desgostou, nem mesmo o centro com seus predinhos. Seu nome iluminando seu destino, Coroas da Virgem, não pode ser um mau lugar. Já sou capaz de vê-la como a vê o Teo, Thomaz, gostar dela como Gema gosta. São aprazíveis seus arredores. Devo informar ao doutor que fundo minha cidade. "Um grou canta na sombra e sua cria responde", augúrios de renascimento. Parece que fugia de uma perseguição e de alguma forma cheguei a um telhado onde me pus a salvo, uma laje que cobria toda uma cidade. Ao fim do piso pensei: continuo o caminho voando e continuei mesmo, sem esforço. Um vento impetuoso — era essa a natureza do vento — me tomou me impelindo para a frente, também sem nenhum esforço. Me ocorreu falar 'Pentecostes', não sei se no próprio sonho. Enquanto era levada, olhava o céu e num buraco entre as nuvens via no alto, bem alto mesmo, estrelas de ouro avermelhado que não me doíam nos olhos. Um buraco grande se abriu parecendo me convidar, parecendo querer sugar-me, maiores maravilhas me aguardavam, tive medo de não estar preparada. Contentei-me com a dádiva oferecida, pensando com clareza: é entregar-me a este vento divino, se distender-me toda será melhor ainda e assim fiz estirando-me, sensação deliciosa de ser levada. Encontrei Gema no sonho e lhe falei dele, estávamos sobre grandes águas e podíamos voar tranquilas. Contarei ao doutor pessoalmente, pede oralidade este sonho, vai gostar muito, ficar feliz com as alvíssaras.

Vi a Osmarina na rodoviária, de meia fina e salto: fui-i em Belo Horizonte, tem base? Fazer o quê, Osmarina? Graças a Deus foi-i consulta, seo Flávio Maurício esqueceu aquela história de exposição, mexo com aquilo mais não. Achei-i foi bom, atrasou minha vida demais-i, minha horta acabou, tive que vender as galinha, ô arrependimento. Tirou as meias antes de pegar o rumo de casa, conectada com seu vero esplendor de mulher velhusca que não deixa de pintar as unhas e fica sem ar se não mexer com horta e galinhas.

Thomaz também chegou de Belo Horizonte e começou a me contar como foi a reunião, falava sem perceber que me acarinhava, os dedos no meu pescoço, eu também não escutava, só prestando atenção nele. Prestávamo-nos atenção, uma alma querendo a outra e os corpos obedecendo.

Tudo na vida é mais fácil do que se imagina. O recém-nascido encerra as disputas todas, se atraca comigo e me salva. Vou mourejar para que nada lhe falte. Desponta a avó com a mesma cara do feto, nada mais é novo, pois tudo nasce agora da escuridão do nada, da necessidade do nada, do inefável amor de que o nada é feito, gerando este pensamento indefenso: Deus é pobre, me acorda no meio da noite para me ouvir dizer querido Deus, precisa da minha voz como preciso da carnação de um homem sob os olhos: querido Deus, respira comigo em uníssono para que não me percas e eu Te tenha à distância de um grito. A razão inteira não podendo negar o que os ouvidos escutam, não os da alma — que já o sabem —, os ouvidos do corpo, os que podem enganar-se com a aparência das coisas: contra todo discurso, Deus deseja. E tem ânsia. Divina, porém ânsia, e uma boca cujos dentes mortíferos me espreitam como sua comida. Há estalidos de insetos caminhando nas hastes. A mata estremece quando Ele sai à caça.

Acabou-se de guardar a lenha, ficaram as cascas no chão e no ar o cheiro a resinas que eu queria aspirar até a inconsciência. Seus dedos grossos seguravam a pena, o supremo objeto desenhando no ar o arabesco invisível tentando pouso no papel de carta: 'Meu querido e bondoso pai, pesso-lhe a bênção.' Ó meu pai, peço-lhe aquela tarde imóvel de boninas! Já nascem com cem anos as poéticas, ficções irretocáveis, as histórias das vidas. Quanto a mim, vi os arcanjos em guerra, os passeios de Deus no Éden, os anjos precipitados. Aos quinze anos, já póstera, me lembrava de mim com comovida saudade: escuta, meu pai, esta poética, esta exortação katólica, pode-se rezar em pé, pode-se rezar sentado, mas-se-não-pu-der, pode-se rezar deitado. Militares, padeceres, triunfares, chega a dar vergonha o modo como de antevéspera preparávamos o que se ia comer, tudo é pó reluzente, tudo vira ouro dentro e fora de nós, enxofre e sal. À santidade, ao inferno, à orgia de ser humano, costurando nos ombros nossas asas de cera, comer, brigar, ser um santo famoso taumaturgo e jejuar na quaresma a pão e água, não fumar por quarenta dias. Não fala pétula, pai, é pétala, é embus-tei-ro que se diz, está parecendo Amarilis contemplando os mistérios, parece que pinta um quadro: '... Pior de tudo, com aquele sangue morninho escorrendo na testa dele, a gozação dos soldados vestindo ele de rei, imagina, três horas da tarde, o sol que fazia e ele com a cruz nas costas...' Mandei fazer uma cópia, é pra você, Madalena falou, o retrato de nosso pai. Madalena acabou a raiva de mim.

Anotar o sonho em que fui salva da inundação depois de falar entrego-me. Acordei na margem com pessoas me socorrendo. O de hoje foi assim, antes quero anotar para uma poética: o deflorante grão virginal perfume empalidecia as narinas. Narinas esgotadas no impossível intento de exaurir um cheiro. Mas alguém, parece, já usou narinas pálidas. Explicar que algo é fino como um barbante grosso me parece feliz e bem achado e ainda: a casa era inóspita, faceava com a rua, um desconforto cru no sol chapado, certamente a crueza se estendia a móveis de fórmica azul-celeste, contudo eu queria a casa que me convidava, submetendo-me a sua recém-poética.

> Séria fratura,
> rigoroso inquérito.
> Fora com os narradores performáticos,
> que venham os maus poetas verdadeiros,
> a honesta mediocridade:
> Feliz Natal para todos
> e um Ano Novo de prosperidade.
> E ande a carroça. Devagar mas ande.

Me incomoda neste escrito, que se intrometeu aqui sem ser chamado, eu ter dito poeta, um atrevimento da minha parte, não sei como resolver; nunca usei esta palavra, por bonita demais! Clara diz que eu tenho mania de pobreza, me comporto sempre como a empregada da casa quando sou a senhora. Será? Cria coragem, ela disse, só um poeta faz poesia ruim. A senhora ainda não se cansou de ser tão boba? Surpreendi-a lendo Santa Teresa. Você não gosta de freira, Clarinha, mudou de ideia? Santa Teresa é homem, ela disse. Comecei querendo anotar o sonho, mas estou profusa como antes de adoecer, querendo anotar o mundo, contar que a Lia do Vicente costurava pra nós, fez minha roupa quando fui casar. Duas peças você faz mais larguinhas, Lia. Pensava na gravidez, pernas bem inchadas, aquele andar de pata, pra esquerda, pra direita, todos vissem minha enorme barriga. A Lia riu compreensiva, também ela querendo muito casar e andar feito uma pata com a barriga estufada, se possível e melhor com as pernas bem inchadas como se usava antigamente. Pedi carne pra bife, que sem-vergonha do Tioco, a gente pede pra bife, ele manda esta sola. Esquisito, ninguém brigava com ele, não devolvia a carne. Pagávamos carne de segunda, mas por vergonha, decerto, falávamos como uns barões: é pra bife, Tioco, a mãe falou que é pra bife. Pois vai pra bife, Toninha, e aquela cara matreira. Pudera, ele também fazia o mesmo jogo. A carne vinha desembrulhada, suspensa por um cordão, atraindo os cachorros, todo o mundo na rua vendo o que a gente comprava. Homens se permitiam a brincadeira velhíssima: vai pescar? Carne pouca e ruim, é verdade, mas porque o Tioco é muito ordinário, a gente pede pra bife e ele arruma isso aí. Franceses carregam pão debaixo do sovaco, entram em metrô e ônibus com o de comer à mostra. Pelo menos nós cozinhávamos bem os retalhos. Que enfaro de carne cozida. Pai, por que o senhor escolheu trabalhar no carro-restaurante? Porque quando tinha frango eu catava as moelas todas pra mim. Mas era bobo demais, quando fui na Estrela a primeira vez depois desse emprego de cidade, cheguei de guarda-pó, Lazinho tava na roça com meu pai, largaram o serviço pra me fazer sala, eu parecia um doutor: a máquina solta fagulha demais, se não proteger o terno, adeus viola. Lazinho também ficou doido pra sair da roça e virar ferroviário. Tio Lazinho também foi pro carro-restaurante? É baixo, Lazinho era muito esperto, lia e escrevia muito bem, foi desenhar prédio pro doutor Caus Marceu que só assinava embaixo e nem conferia. Fotografias doem, dor lancinante, pulsátil, há o perigo de não se perdoar. É tão breve tudo, a estrela risca o céu de escuro a escuro e findou-se a vida. Sob levas de pó, desejos, ânsias de não chegar a tempo e perder a consulta que demorei tanto a conseguir. Perdi o teste, já pensou? Por três pontos fiquei de fora do emprego, ai, que mágoa, meu próprio filho não me entendeu, deixa, quando ele tiver filhos... não, minha língua parece a de um vingador, ele tem razão, no fundo eu queria reconhecimento, queria dele o que eu própria não dava a Deus. Filho meu, pobre que me tem por mãe, amei mal e mal, comi cru, perdão. O recém-nascido vem pra me salvar, minhas entranhas ficam comovidas, pareço a misericórdia. Frente ao seu desamparo, uma bondade cobre meus pecados, também fico inocente, se não me amarem também fenecerei. Seu imenso egoísmo, Madalena me dizia, seu egoísmo é imenso. Sim, meus olhos se abrem, meu egoísmo é imenso, mas o menino ri no meu regaço, acha meu colo bom, quer meu leite, Thomaz não me repudia. O Senhor se lembrou de mim.

Tão numerosos os sonhos com recém-nascidos, precisam de um caderno à parte. Mongóis, saudáveis, de cor, raquíticos, com quatro olhos, feinhos, bonitos, me sugando, me olhando tristes, e um morto que recobrou a vida com meu sopro. Crianças minhas e alheias e casas, casas, casas e Thomaz me dizendo é por aqui, pode vir.

Um domingo muito feliz. A luz se apagou demorando horas pra voltar. Aproveitei um céu de roça, constelações e vaga-lumes, como quando éramos pequenos e não tinha luz no Cata-Ferro. Manoel veio conosco de Arvoredos e falou, sem saber, uma coisa tão bonita! Quando o carro entrou no caminho estreitinho, ele reparou nas galhadas das margens quase fechando e disse: a gente morava na roça e enchia o carro de bois com rama de feijão, as que agarravam nos galhos o pai não tirava não. Deixava pros pobres virem apanhar. Não é a história de Booz ordenando aos servos que ceifassem deixando para sua amada Rute respigar? A beleza do relato do Manoel atormentava, uma felicidade crispada atrapalhava a placidez da tarde, era uma poética, um recém-nascido, uma bunda de velho no palco, silêncio feito de repente. Urdida com fio eterno, uma incansável voz, humana divina voz: todo novo é igual ao de sempre. Quem sugeriu a Booz tanta bondade soprou-a também no ouvido de meu avô: "Permita aos que não têm campo respigar." Como guardar tristeza, criar desertos, encher os bolsos de areia? Mesmo agora, quando quero avançar em Thomaz porque errou de um centímetro a medida da mesa. Que ódio, mordo o dedo, que ódio. Fez de propósito, eu acho, quis me enganar como eu faço com ele, fazendo café com água da torneira. Mas vivo de uma vida nova, não é um centímetro qualquer, uma bostiúncula dessas que vai me tirar do eixo. Thomaz nunca me enganou, eu acharia interessante, devo confessar, sem entender os motivos, que me enganasse nessas pequenas coisinhas. De qualquer modo, já passou minha raiva e acho que Gema tem razão, a vida não vai mudar não, nós, sim, não seremos as mesmas. A mudança se opera em nós, continua a peleja, acerto e erro, nossa metade boa, Antônia, está subindo à consciência, birra de uma semana só vai durar um dia. O quê? Na nossa idade, dura o tempo de morder e soprar o dedo, graças a Deus! Chega de tanta bobagem!

Cheguei da rua, Thomaz me achou na mesa, me preparando pra enviar o sonho ao doutor. Chegou citando Descartes: "Nossos sentidos nos enganam." Mede a mesa, ele disse. Pra quê? Mede, faço questão. A mesa na altura exata que eu lhe havia pedido. Você consertou enquanto eu saí, Thomaz? Consertei, me enganei de novo, me en-ga-nei, Antônia, agora tem meio centímetro a menos, dá pra me acreditar? O que mais me chateia em você é esta mania de não me acreditar. Deus, que confusão, acredito mais nele que no papa. Tudo porque quero seus pecados iguais aos pecados meus, oh, letra de valsa do Orlando Silva! Tudo porque meu egoísmo, como Madalena sabe, quer tudo, o bem e o mal à minha semelhança e imagem, arre! Ainda bem que percebo e repudio e chuto a coisa indecente que deseja mandar em mim. Não deixo, Nossa Senhora me protege, me faz feminina e doce.

"Tomou a cítara, percorreu a cidade, meretriz esquecida, tocou com perfeição e cantou a toda a voz, porque se lembrou dela o Senhor." Talvez, antes de começar o sonho pro doutor, ponha este Isaías de epígrafe, entenderá como ninguém. Poderei enviar também frases, pensamentos, impressões visuais, interessa-lhe o que me diz respeito, disse claramente. Gostará de saber que, para mim, rezar o terço produz grande humildade, estou gostando de Coronas, a verdadeira eu é quando estou alegre. A cidade sou eu, não tenho mais medo de gastar a riqueza de Deus. Minha mariologia é incipiente, mas muito interessante. Gostei de achar em Samuel "o mau espírito de Deus", adorei. Conforme o estado de uma pessoa, falar com ela 'se você quiser você sara' é pura covardia. O que nunca, nunca tem erro é amar sem medida. O que uma mulher faz com um homem estremece as galáxias. Tenho uma fantasia antiga, uma fantasia erótica, acontece num armazém de ferragens. Homens delicados têm a violência real, a que interessa. O autor falou "toda metáfora é a confissão de um fracasso" e eu arremato: estilo é limitação. Clara, minha filha, é arcaica, doutor, por isso que é tão moderna. "A mão que afaga é a mesma que apedreja", a mão do troco é a mesma da bandeja, tou brincando, conhece Augusto dos Anjos? Já foi na pizzaria do Pádua? Quero fazer uma poética com a palavra prófugos, vai ser bonita assim lá em casa! Em compensação, casal, linguiça, galinha e macarrão, arre! Já sofri pensando como ia ser se não tivessem inventado o sabão, a fechadura e o fermento, depois descansei, quem inventa é Deus. Sofri à toa. À toa, não, de tudo Deus tira o bem neste mundo. Dorvil explica sempre que o nome dele é com *el* e segura a língua no céu da boca: é com *el*. Diz ele que quando casou não passou navaia porque não tinha nem penugem, foi ter barba aos trinta anos! Eh, devera! Agora, sim, sou mineira, pois desci fundo onde minerava o capeta tirando ouro de mim. Quando era menina minha mãe me xingava assim: ô menininha absoluta! Donde é que o povo tira essas pérolas? Um dia o Soledade me falou: Toninha — quase morri com o diminutivo —, Deus te dará acima de suas expectativas mais delirantes. E é. E foi. E dá. Tou ficando leve, leve. A Maria Edwiges vai me dizer assim: quê que foi, Antônia? Cê tá tão leviana... Num teatro que ainda vou escrever, alguém dirá o que o Thomaz fala sempre: 'Princesa, gostaria de ter sobre mim o controle do tempo para que os momentos que passamos juntos fossem eternos.' Sonhei com um ônibus cheinho de criança. Perdoa seu coleguinha, Rebeca falou com o menino, perdoa. Não, professora, eu tenho problema de ódio. Encantador o espírito mau de Deus, sofrerei com paciência as projeções alheias, as mais cruéis, estou curada, bendita seja minha estação no inferno. Não abalo a riqueza de Deus, não economizo alegria! Peguei oito filmes de uma vezada só e um frango pronto, vou ser feliz, vou esperar no Senhor, levantar meus olhos para os montes, aguardar na paciência quem me guarda. Dilatou-se o tempo, é amar, cadê a vergonha antiga de abrir caminho? Com licença, com licença, entro em qualquer lugar. O casal na menopausa destroça o saco de bolachas, entra sem olhar direito se o ônibus é o de Arvoredos. Que me importa? Quemilá, quemiló, se estiver errado e's vorta. O povo não fala errado as palavras em ão. Belzonte só ficou bonito quando o papa exclamou: que Belo Horizonte! Tou com uma dorzinha nas costas, ah, deixa arder, isto é, confio em Deus, a quem modifico quando conheço. Genial, não é meu, mas é o mesmo que ser, chegaria aí fatalmente. É bonito quando a Maria Edwiges fala 'tou com muita raiva do Volpiano'. Ela fala o nome dele, falar o nome é amar. Durante sonhos seguidos, alguma coisa tinha a cor vermelha. Imagine o senhor, desde pequena tenho vocação pra o à-toa, amo as salas de espera; mas, quando fiquei doente, trabalhava sem descanso, desencardia os panos de chão, sentia preguiça nenhuma, queria clarear tudo. Tive tantos sonhos, tantos, fiquei exímia em interpretação: recém-casada, falava coisas com meu marido, meio que azucrinando ele. Sem ser rude, não me dava muito ouvido, esbelto e jovem. Eu falava e ele se encaminhava para um dos cômodos da casa, quando vi que ela pegava fogo. Cheguei à janela, muito alta, e gritei para as pessoas embaixo, socorro, socorro. Os bombeiros vieram, lembro que o perigo era verdadeiro mas aproveitava a situação especial, fazendo um pequeno teatro. Puseram a escada, tive muito medo, por causa da altura. Um soldado muito simpático me deu, pra me ajudar, uma bebida inebriante. Não vi mais nada, não vi o processo do salvamento. Dei por mim acordando, já no chão, já salva. Depois um homem espremia o bico do seu peito e dele saía em abundância o que ele próprio chamava de colostro dele pra alimentar o menino. Foi se formando dali uma bola densa, amarelada, vital. Peguei aquilo e dei à criança, que segurou com as duas mãos e mamava e comia a coisa com gosto, dava risadas, me fazia muito feliz. Que devo escutar o homem, que a salvação não pode ser entendida, que Deus me salva como se salvam crianças, com infinito carinho, são pistas que lhe adianto, doutor, só adianto, porque há detalhes, sensações que desejo lhe passar de viva voz. O bem-estar que me sobreveio por me ver salva no chão, sem saber como, igual se eu fosse um neném e Deus me pegasse no colo, durou o dia inteiro. Volta quando me lembro, agora quando lhe falo, o criador beijando a criatura, pondo ela no berço pra dormir. O último sonho, o dos ovos, que deveras pensei lhe enviar por carta, vou contá-lo eu mesma, pela razão de que é muito cru, envolve Thomaz e estou recém-nascida, quero sua presença quando fizer o relato. Ah, antes que me esqueça — pois não me dá orgulho —, quando comecei a sarar, tive saudade de quando estava ruim, saudade do pânico, da quentura do inferno, esta é a verdade, pesar de ficar sem a doença. Mas fiz minha escolha, rechacei a sedução da sombra, escolhi a alegria. Se interessar ao senhor, tenho todos os sonhos anotados. Por graça de Clara, entendi coisa importante. Vou fazer meu primeiro concerto, ela disse, vou ficar anônima, fazer o que nasci para fazer; depois do meu sucesso, aparecer na feira como faço hoje é ser muito exibida, a senhora não acha? Me fez descobrir que devo escrever poéticas pra minha salvação, pra salvação do mundo, pra salvação de Deus. Ah, doutor, estou feliz demais! Não escrever seria — como quando senti saudades da doença — escolher chamar a atenção, perder meu anonimato, não estou certa, doutor? Agora escrevo mesmo, como vê, como o senhor previu, não me detenho. 'Quando passar a treva, a fonte vai jorrar de novo, dona Antônia', lembra? A gente toma consciência só pra escolher ficar inconsciente, melhor, pra se tornar menino, não concorda? Estou escrevendo, faz horas, o que pensei ser uma carta apenas. Estou muito feliz, doutor. Quase esqueço de lhe contar como, contra tudo e todos, fiz minha vontade, parecendo fazê-la contra Deus e ainda assim fazendo-a, na impotência absoluta de agir de outra maneira, decidindo-me contra a morte, a minha morte. Depois foi a calma, a paz, o sentimento de que o meu desejo é o desejo de Deus. Thomaz sofreu comigo o seu maior sofrimento. Depois tudo serenou. Foi parecido com a coragem que não tive para tratar meu dente, história que o senhor já conhece. Dou detalhes depois, foi paralisante! Aconteceu um mês depois do sonho que eu chamo 'sonho dos ovos', o tal que me fez decidir dar alta ao senhor.

Para meu prazer a Edwiges me interrompe, tão alegre a Edwiges, Gema tão agoniada e eu tão feliz, mesmo com a retumbante raiva de Clara, raiva de mim. Aproveitou que adiaram seu concerto de estreia e antecipou um velho acerto de contas, cobrou-me o que eu nem sabia dever-lhe. Mais uma casamata poderosa se espatifou e dou graças! Graças, porque a batalha agora é em campo aberto. Uma vez imaginei uma briga onde todos lutassem nus, do ordenança ao rei. A fantasia se cumpre, nem trincheira tenho mais, inundada que foi de areia, espanto e lágrimas, oh, quase como o famoso discurso do estadista na guerra, "sangue, suor e lágrimas". Pois estou é muito feliz. Quero cuidar de Clara a quem como a mim mesma maltratei.

Há quanto tempo rezo com Gema, vem, Senhor Jesus, que eu veja, mostra-me o meu pecado. Graças! O candeeiro está posto no lugar mais alto da casa e eu vejo, a luz faz curvas e vejo, vejo sob os desvãos, "não faço o bem que quero, mas o mal que não quero, uma lei em meus membros" peleja contra o amor. Graças! "Permaneço só e em silêncio, levo minha boca ao pó, estendo a face a quem me fere e me farto de opróbrios." Mas a minha alma, em seu centro, onde o Espírito assiste, ora por mim, tem seus olhos voltados para os montes, de onde me virá o socorro, a alegria da salvação. "Foi bom para mim ser afligido", confio no Senhor e espero, "... não é da boca do Altíssimo que bem e males procedem? De que posso queixar-me? Queixo-me dos meus pecados", ainda não de todo revelados, pois, na hora da tempestade, Clarinha disse: não suporto que a senhora chame poemas de poéticas. Por que isso, diferente de todo o mundo? Tinha novamente razão. Oráculo de Yahvé.

Vesti a blusa do avesso, vou trocar depressa, se Clara perceber terá muita pena de mim e não é bom agora, deve gastar sua raiva, desanuviar-se primeiro. Em todo caso, roupa do lado avesso é mais fácil remediar que o acontecido com a minha diretora. Chegou de manhã na escola com o pente na cabeça. Tinha muito cabelo e um cabelo grosso e crespo, meio sarará. Quando levantei os olhos e vi aquele pente espetado, corri pro banheiro e ri até ficar cansada. Não há empáfia ou cargo que resista a esses imponderáveis, portanto sempre é bom jogar com uma carta de menos, estamos todos sujeitos. Nem que seja por pura proteção, é bom ficar mais humilde. Compreendo, na brecha entre mais e humilde, que das duas palavras juntas deriva um sentido novo, e que uma língua, por mistérios que remontam ao coração divino, tem sutilezas preciosas como diamantes. Dizer seja humilde é teológico. Dizer seja mais humilde é meramente social, é: fique mais bem-educado, tenha a paciência da civilidade etc. etc. Um santo nunca quer ser mais humilde, ele quer ser humilde, porque esta humildade não comporta graus. Que bonito, diz-se de São Francisco que era muito cortês e, não por coincidência, o mais humilde dos santos. De novo me vali do mais, entenda-se: só pode ser cortês quem, como ele, teve a verdadeira humildade, a plena consciência do seu nada e o aceitou com alegria.

É não me cuidar e preciso de um caderno de oitocentas páginas. Devo acalmar-me, não estou escrevendo a Bíblia.

Há coisas que não preciso dizer. Conforta-me que luares inacreditáveis, dunas, formações rochosas, espécies de todo gênero existam e ninguém vê, homens tão bonitos que se aparecerem tenho de pedir clemência, Thomaz me dizendo você é um livro aberto pra mim, Toninha, sei tudo sobre você. Eu bem queria tudo, mas a vida não deixa, porque a vida não cabe em nada. Detalhes de um afresco é o que você consegue. Fico ansiosa mais não, aprendo a desperdiçar. Ah, gente, que preguiça, com tanto mamão maduro aqui e ninguém faz um doce? Bobagem de tia Lina, vivia aproveitando tudo, embalagem, barbante, lata vazia, e não aproveitou a vida, o bom marido que teria, se ela tivesse, por um dia, prestado atenção no Tino, ficado à toa com ele, ido com ele em Arvoredos visitar os parentes no Camacho, coisa que ele era doidinho pra fazer com a Lina, porque gostava era dela e demais e a boba não viu. Portanto, está bom assim, vou separar por cadernos os variados assuntos, como quem separa sementes; sonhos, poéticas, casos, ideias de Clara, pensamentos, impressões visuais como a que tive esta noite: um velho morreu e estava no seu caixão. Fui ver o corpo, era de recém-nascido e o ataúde era um berço. O doutor gostará disto. Deus não toma o que dá e tem mais: se um pequeno grão de areia, segundo os sábios, tem mistérios para esgotar uma vida, quanto mais a própria vida os terá. Eu precisava de um teatro grande para contar a parte que sobrou por causa de forma e tamanho, por causa da cor, eu precisava de uma tela grande. É muito saltimbanco querendo vaga, é cantor, é gente rezando, vendendo, comprando, dando glórias a Deus, fazendo cada pecado de arrepiar cabelo de relógio. Não se pode usar de uma só vez todas as joias, nem vestidos sobrepostos. A riqueza de Deus é inesgotável, jorra do seu coração em quatro rios e para dentro do meu é que jorra, em água viva. Eu a refluo e ela torna à origem, brincadeira de amantes. Água de amor: mamãe, mamãezinha, mamãezinhazinha, é Clara me perdoando. E sabe o que mais? ela disse, pode chamar suas coisas de poéticas, não me importo não, falei de raiva, mamãezinha fora de moda.

Assim aconteceu o milagre, do modo mais corriqueiro. A contenda começou num balcão, porque ele pediu café de um jeito que eu detestava, achava complicado e ansioso, e, a meu ver, traía em Thomaz o gene provinciano do qual eu queria sempre libertá-lo, como se não fosse eu mesma oriunda do Cata-Ferro. Fiquei tão infeliz, perguntei-lhe pela milionésima vez por que ele falava leite com café e não café com leite como todo mundo — isto é, como eu. Não sei o que ele disse, não sei mais o que eu disse, sei da sensação horrorosa de ter-lhe tirado a graça, quebrado seu entusiasmo com a viagem, entornado fel na manhã. Acomodados no ônibus e a ruindade de estarmos perto sem estarmos juntos, uma ruindade conhecida, mas daquela vez com uma mistura nova, presente à minha consciência, prestes a emergir e nomear-se. Pressentia, de alguma forma Thomaz também aguardava. Desejava demais viajar agarrada nele, é muito bom quando ele dorme no meu ombro, me dá uns apertões cifrados a cada vez que um passageiro espirra, o que em qualquer situação o põe agoniado. Apertando seu braço, ele diz, ajuda a passar a gastura. Pois bem, revia a banalidade do acontecimento que gerava aquele desconforto e foi inacreditável o que se seguiu. Me via com Amarilis e Gema pedindo fervorosamente: "Dobra o que enrijece, o que está frio aquece." Dobra o que enrijece, o que mais queria era tomar o braço dele, mas uma impossibilidade me travava, ó meu pai, Travas, por que este meu nome? Mais fácil parecia deixar amputar um dedo que estendê-lo na direção de Thomaz. Temia, se o fizesse, perder algo de mim, experimentando, contudo, uma premência que eu e mais ninguém podia, devia resolver. Sou responsável, era o sentimento nítido, esta é a hora, posso, eu, fazê-lo. Então, é assim que acontece? Uma vida inteira pedindo "Lava o que é impuro, rega o que está seco... Vinde, ó Luz Santíssima", e ali no ônibus rumo a Páramos a claridade se fazia... "O que é doente, cura..." Diga sim a Deus, ofereça a cabeça ao calcanhar da Virgem — o arcanjo forçava a porta —, senão a fonte da graça permanece fechada, o Espírito não se derrama, você não funda o reino, exclui Thomaz do que te é dado: a consciência perfeita de que deve morrer em você, Antônia, o que se interpõe como um dique ao nascimento da luz, com ameaças falsas de aniquilamento. Falsas? ainda soprou o maligno. "... Rega o que está seco, o que é doente, cura..." Espírito Santo, rezei, me dá a força para o que eu sozinha não consigo, move-me de meu orgulho, leva-me ao que parece o desaparecimento de mim, estender a mão a Thomaz, à vontade do Pai. A VONTADE DO PAI! Seria possível que entendia?! Deus meu, era a Anunciação?! Então, fosse feita a vontade que me acenava com a vida. Não sabia, ainda não sei, a magnitude do que acontecia, mas acontecia, indubitavelmente acontecia, o amor de Deus, um batismo, uma identidade que se articulava, à primeira vista hostil, contrária ao que a engendrava, pois me levou a dizer: *agora faço minha vontade*. Difícil como morrer, escolhi a morte, me ajuda a morrer, pedi a Nossa Senhora, me ajuda. Lembrei o doutor: 'O ego é sobretudo certezas', lembrei Madalena, 'seu egoísmo é imenso, Antônia', lembrei o sonho das águas, 'entregue-se e a corrente a levará a seu destino', o sonho do vento, 'distenda-se e ele te conduzirá', não julgue, não resista ao mal, fica simples, Antônia, fica como um menino, lembrei o sonho do incêndio, 'abro os olhos que eu fechara confiada e me vejo salva no chão, rodeada de meus salvadores'. "... Dobra o que enrijece." "Achava-se ali um homem que tinha a mão seca... 'Levanta-te e põe-te em pé aqui no meio.' Ele se levantou. 'Estende tua mão', lhe disse Jesus." Estendi-a na direção de Thomaz, a mão mirrada, e a recobrei perfeita como a outra, sã. O que se fora de mim não me perdia, antes comigo mesma desposava-me, era um júbilo, eu salvava Thomaz, acolhendo o que me salvava, convertia-me no Salvador, lembrei Arlete, 'tem hora que Ele é eu', lembrei eu mesma, 'tenho tanta vontade de benzer as pessoas', e a minha vontade perfeita era a vontade de Deus, amor em moto-contínuo que nem a si mesmo se julga, uma alegria de seiva, as campainhas da glória dormindo em suas sementes, me lembrei de hortas antigas mas aí já era tudo poéticas, a mandala girava, desistira de dominar seu desenho e descansava num pequeno ponto com uma atenção tão grande que ela se movia aquecida movendo consigo o mundo, bola solta no azul, outra poética formando-se, como bem disse o doutor, 'quando passar a treva, a fonte jorra outra vez'. Como se em meu próprio corpo toquei em Thomaz sem lhe pedir perdão, uma outra Antônia, a verdadeira, viajava com ele a Páramos.

Obras da autora

POESIA

Lapinha de Jesus, presépio de Frei Tiago Kamps, O. F. M., texto da autora e Lázaro Barreto, fotos de Gui Tarcísio Mazzoni. Petrópolis: Vozes, 1969.

Bagagem. Rio de Janeiro: Imago, 1976; Rio de Janeiro: Record, 2002; Lisboa: Cotovia, 2002.

O coração disparado. Rio de Janeiro: Nova Fronteira, 1978.

Terra de Santa Cruz. Rio de Janeiro: Nova Fronteira, 1981.

O pelicano. Rio de Janeiro: Guanabara, 1987.

A faca no peito. Rio de Janeiro: Rocco, 1988.

Poesia reunida. São Paulo: Siciliano, 1991.

Oráculos de maio. São Paulo: Siciliano, 1999.

A duração do dia. Rio de Janeiro: Record, 2010.

Miserere. Rio de Janeiro: Record, 2013.

PROSA

Solte os cachorros. Rio de Janeiro: Nova Fronteira, 1979.

Cacos para um vitral. Rio de Janeiro: Nova Fronteira, 1980.

Os componentes da banda. Rio de Janeiro: Nova Fronteira, 1984.

O homem da mão seca. São Paulo: Siciliano, 1994.

Manuscritos de Felipa. São Paulo: Siciliano, 1999.

Prosa reunida. São Paulo: Siciliano, 1999.

Filandras. Rio de Janeiro: Record, 2001.

Quero minha mãe. Rio de Janeiro: Record, 2005.

Quando eu era pequena. Rio de Janeiro: Record, 2006. (Infantil)

Carmela vai à escola. Rio de Janeiro: Record, 2011. (Infantil)

ANTOLOGIAS

Mulheres & mulheres. Organização de Rachel Jardim. Rio de Janeiro: Nova Fronteira, 1978.

Palavra de mulher: poesia feminina brasileira contemporânea. Organização de Maria de Lourdes Hortas. Rio de Janeiro: Editora Fontana, 1979.

Contos mineiros. São Paulo: Ática, 1984.

Antologia da poesia brasileira. Seleção de Antônio Carlos Secchin. Tradução de Zhao Deming. Pequim: Editora Embaixada do Brasil em Pequim/Departamento Nacional do Livro/Fundação Biblioteca Nacional, 1994.

Poesie. Tradução de Goffredo Feretto. Gênova: Fratelli Frilli Editori, 2005. (Antologia em italiano, precedida de estudo do tradutor)

La poésie du Brésil du XVIe au XXe siècle. Organização de Max Carvalho. Paris: Éditions Chandeigne, 2012. (Seleção de poemas, em edição bilíngue, com apoio do Ministério da Cultura, Fundação Biblioteca Nacional e Embaixada do Brasil na França)

TRADUÇÕES

The Headlong Heart. Tradução de Ellen Watson. Nova York: Livingston University Press, 1988.

The Alphabet in the Park. Tradução de Ellen Watson. Middletown: Wesleyan University Press, 1990. (Seleção de poemas)

El corazón disparado. Tradução de Cláudia Schwartz e Fernando Roy. Buenos Aires: Leviatan, 1994.

Bagaje. Tradução de José Francisco Navarro Huamán. Cidade do México: Universidad Iberoamericana, 2000.

Ex-voto: poems of Adélia Prado. Tradução de Ellen Watson. North Adams: Tupelo Press, 2013.

The mystical rose. Tradução de Ellen Watson. Hexham: Bloodaxe Books, 2014.

Este livro foi composto na tipografia Minion Pro,
em corpo 11,5/17, e impresso em
papel off-white no Sistema Cameron da
Divisão Gráfica da Distribuidora Record.